D1098495

GLOIRE

Du même auteur

Vouloir de l'art, PAJE Éditeur, coll. « Post-scriptum », 1991.

Livraison gratuite, Les Éditions de la même époque,
HTTP://NEOISM.ORG/ABSENCE, 1995.

Joseph Jean Rolland Dubé

GLOIRE

roman

Boréal

Les Éditions du Boréal sont inscrites au Programme de subvention globale du Conseil des Arts du Canada et reçoivent l'appui de la SODEC.

Maquette de la couverture : Gianni Caccia

© Les Éditions du Boréal
Dépôt légal : 1ᵉʳ trimestre 1996
Bibliothèque nationale du Québec

Diffusion au Canada : Dimedia
Diffusion et distribution en Europe : Les Éditions du Seuil

Données de catalogage avant publication (Canada)
    Dubé, Joseph Jean Rolland, 1963-
    Gloire
    ISBN 2-89052-738-7
    I. Titre.
PS8557.U226G56   1996   C843'.54   C95-941844-X
PS9557.U226G56   1996
PQ3919.2.D82G56   1996

À Sonia.

Il faut dire le monde tel qu'il est : entassé. Son succès va toujours grandissant et il ne manque pas de volontaires.

Alain-Napoléon Moffat, L'Indice

PEINE PERDUE

Je suis un homme armé. Hagard et vulnérable comme un chien enragé envoyé à la chambre à gaz, je tourne en rond au milieu de l'abattoir. C'est mon doigt, c'est ma paume, c'est mon avant-bras tout entier qui se crispe sur la crosse du vieux fusil de chasse ; c'est mon regard terrifié qui marque de sa détermination son nouveau territoire.

Étendus à plat ventre dans le bureau de leur supérieur immédiat, les bourreaux ont reçu l'ordre de ne pas bouger. Jusqu'à présent, ils respectent la consigne.

Désormais criminel, je suis ailleurs. Ailleurs, dans un autre village.

Tapi depuis près d'une semaine aux abords de la rivière, j'avais étudié les allées et venues des employés de l'abattoir.
Leurs journées se ressemblaient comme des billets de banque. Il faisait encore nuit quand la première douzaine de travailleurs, les *accrocheurs*, arrivaient à l'usine.
Leur rôle était simple. Ils attendaient les camions et déchargeaient les cages. Puis, comme le soleil se levait, que le stationnement de l'abattoir se remplissait, les accrocheurs

entamaient le processus d'extermination. Ils ouvraient les cages et accrochaient les poulets sur la chaîne.

Par les pattes.

Dans une journée moyenne, en un peu moins de douze heures, ils envoyaient ainsi trente-deux mille poulets à la potence.

Mais pas aujourd'hui. Car aujourd'hui, avant les premières lueurs du matin, j'allais décréter un jour férié.

Bonnes vacances, les chevillards.

L'assaut se déroula sans heurts. Éclairés par les néons qui surplombaient le débarcadère des marchandises, les accrocheurs déchargeaient les dernières cages. Sous la couverture de la nuit, je m'approchai des camions tel un somnambule. Un peu à l'écart, les chauffeurs bavardaient, riaient, fumaient.

C'est un grand blond aux épaules larges et aux bras recouverts de cicatrices qui m'aperçut le premier. Je crois qu'il relevait la tête pour signaler aux chauffeurs que les camions étaient vides. De ses mains gantées, l'accrocheur portait une cage contenant une dizaine de poulets. Paralysé par l'appréhension, il me fixa intensément. J'avançais toujours ; je sortis enfin de l'ombre.

« On a de la visite, les gars… » prononça-t-il, en laissant tomber la cage sur le débarcadère.

Dans une séquence de gestes silencieux, je fis comprendre aux chauffeurs qu'ils devaient partir et aux accrocheurs qu'ils devaient me suivre à l'intérieur de l'abattoir.

Ce qu'ils firent.

Avant toute autre forme de préambule, j'aurais bien aimé, comme tout le monde, pouvoir me présenter. Seulement voilà : je n'ai ni nom ni prénom.

Après avoir admiré mon éblouissant minois à la pouponnière pendant moins d'une seconde, mes parents seraient sortis de l'hôpital par la porte de l'urgence. Aux dernières nouvelles, ils courent encore.

« Vous savez ce que c'est, une poubelle, messieurs ? » aurais-je pu demander aux accrocheurs de l'abattoir en guise de présentation.

« Si oui, vous me connaissez déjà. De fond en comble, sous toutes mes coutures : deux yeux, deux oreilles, deux bras, deux jambes... et deux bosses en plein front. Résultat ? Un rebut humain, une larve informe : une poubelle. »

Jusqu'à la semaine dernière, j'œuvrais à l'épicerie de mon village.

Profession : emballeur.

Depuis un peu plus de vingt ans.

Carottes, aubergine, feuilles de vigne en conserve, pain de seigle, fromage de chèvre, échalotes, salami hongrois, laitue romaine, chou-fleur, pieds de brocoli, gousse d'ail, petit poulet, berlingot de crème trente-cinq pour cent.

C'était merveilleux.

J'étais comblé.

La pharmacienne du village se sustenterait encore cette semaine-là. J'avais emballé ses victuailles avec émotion. Deux gros sacs de bon manger. J'avais empoigné vigoureusement les provisions de cette femme et l'avais suivie jusqu'à sa voiture.

La vie était souvent formidable.

Cette droguiste avait vraiment un joli petit postérieur.

Oui, je l'avoue sans la moindre honte, j'y aurais volontiers enfoui ma pureté, ma candeur.

Ma virginité, bref.

J'avais déposé les denrées dans le coffre de sa berline. J'ai toujours été transporté par la pharmacienne. Elle m'enchantait. Sa gentillesse envers moi me désarmait. Je lui avais souri.

Avant de disparaître, elle m'avait retourné poliment mon sourire et m'avait lancé : « Merci bien, Monsieur Reposant. Au revoir. »

La pharmacienne aura été ma dernière cliente.

Je suis barricadé dans un abattoir avec douze hommes et des milliers d'oiseaux.

J'inspecte les lieux.

L'éclairage est violent.

L'abattoir est immense. Au-dessus de ma tête, la chaîne grince des dents. Même sans sa ration de volaille quotidienne, elle poursuit sa ronde. Les centaines de crochets en acier inoxydable tournoient dans un vide improductif. Du débarcadère à la chambre froide, la quincaillerie insiste.

Elle est bruyante, elle est en manque ; elle réclame son grain.

Dans le bureau de leur patron, les hommes sont étendus sur le ventre, à même le sol humide et bétonné.

L'un d'entre eux a bougé. Je l'ai vu. Je crois même qu'ils se parlent.

J'entre dans leur cage par la porte béante.

Les sardines agglutinées sur le sol, respectueuses de l'autorité en place, se rangent du côté de la raison. Elles se taisent et cessent leurs gigotements dès que je me présente.

J'observe l'intérieur du bureau.

Quelques classeurs qui après inspection s'avèrent

verrouillés, une table encombrée de papiers, un télécopieur et un téléphone cellulaire.

Pas de fenêtre.

Je braque mon arme et tire à bout portant. Le télécopieur vole en éclats. Les bourreaux m'adressent la parole.

«Restez sagement ici et il ne vous arrivera rien» est mon unique réponse.

Je n'entends plus ce qu'ils tentent de me dire. J'empoigne le téléphone cellulaire et fausse compagnie à mes otages. Cette fois, je referme la porte du bureau et la bloque de l'extérieur avec plusieurs caisses de matériel lourd.

J'insère une nouvelle cartouche dans le canon de mon arme à deux coups et attends l'arrivée des policiers qui ne sauraient tarder.

Que toutes les salamandres du désir éventré se taisent un instant. Que les rumeurs de la norme sensible s'égarent à jamais. Assourdies, qu'elles se taisent. Intempérantes, qu'elles s'égarent… mais qu'elles écoutent.

Gloire, ma chérie, mon théâtre, ma sœur, vous êtes la promesse incarnée.

L'ongle sans fin d'un pied bouleversé, planétaire, marchant à pas de lumière dans une poussière d'étoiles.

Le méandre accablant d'un délire.

L'hospice d'un rêve endurci.

Gloire, mon amour, vous êtes forte comme un dromadaire surchargé, fière comme un brin de matière qui se meut de lui-même et souveraine comme la pelle d'un jardinier visionnaire.

Je le sais. Je l'ai lu dans vos yeux.

Le bruit de la première sirène me parvient enfin.

J'aurai un auditoire.

Ceinture de cartouches autour de la taille, fusil d'une main et téléphone cellulaire de l'autre, je me dirige vers le débarcadère en me faufilant entre les montagnes, les pyramides de poulets.

19

Avant de continuer, de pourchasser la vérité de ces illusions péremptoires vers des sommets jusqu'ici inavouables, laissez-moi vous dire que j'irai jusqu'au bout. Jusqu'à la limite de mon ivresse de vous.

Les chauffeurs de camion ont parlé. À travers le grillage d'une minuscule fenêtre que je crois être blindée, j'assiste à l'arrivée des voitures de police. Elles se garent à distance respectueuse.

Gloire, avant que la clameur de la raison sociale ne m'astreigne à revisiter mes pensées, entendez ce que je réclame, ce que je demande à ceux qui m'empêcheront de dire ce que je ressens pour vous, mes premières volontés :

Je désire intensément avoir tous les défauts.
J'abandonne tout droit à la dignité humaine.
Je demande que l'on me fracture le nez à trois endroits.
J'exige un dentier.
Ainsi que des oreilles d'écureuil empaillé.
Donnez, je prends.

Plusieurs minutes à la fenêtre. Le soleil se lève. J'assiste aux préparatifs. Les policiers sont en place. Les journalistes se présentent. Le téléphone sonnera bientôt.

À des degrés variables d'atrocité, communiquer me fera toujours souffrir.

Cette souffrance, qu'elle soit mortelle ou libératrice, me sera éternellement fidèle.

À toute heure de la journée.

Dans les circonstances les plus variées.

Je me suis éloigné de la fenêtre. Je fixe à présent un poulet droit dans les yeux.

Il a peur.

Gloire, je vous en conjure, sachez-le. Entendez-moi, d'où que vous soyez : ici, ce matin, je parle aux poulets qui m'entourent, mais je ne pense qu'à vous. Et je ne pense plus qu'à vous depuis des siècles… depuis l'origine des temps nouveaux.

Après tous ces songes, tous ces mirages, toutes ces nuits voraces qui, petit à petit, ont rongé le peu de raison qu'il me restait, après toutes ces secondes passées à vous imaginer sur une scène, un socle ou le chevalet d'un maître; après tout ce temps, l'obscurité initiale perdure.

Les ténèbres de la probabilité m'arrachent, au fur et à mesure qu'elles se forment, mes pensées les plus altruistes.

Vous êtes là-bas — là-bas, au loin — et moi, bien que je sois perpétuellement attiré vers vous comme un enfant vers le feu, je reste ici.

Immobile dans mon antre.

Paralysé dans mon trou.

Obnubilé, je le suis. Mais complètement. À en raser les murs.

Souvent, en fin de nuit, lorsque enfin je m'endormais, je rêvais d'emballer le contenu de votre poubelle dans un sac en feuille d'or.

Le téléphone ; j'ai décroché. Ils m'ont demandé mon nom.

Silence.

De toute façon, je n'ai pas de réponse adéquate à cette question.

D'une voix que je voulais rassurante, je leur ai demandé de rappeler dans deux heures.

« Très bien, très bien, monsieur, à plus tard… » ont-ils répondu.

J'ai délaissé les cages et me suis installé par terre, au centre de l'abattoir. J'ai laissé choir le sac que j'avais jusque-là en bandoulière.

On s'habitue à tout, semble-t-il. Mais pas au bruit obsédant de cette chaîne.

Sobriquet : Monsieur Reposant.

Âge : quarante-deux ans.

Monsieur Reposant. C'est ainsi que les gens du village m'apostrophaient lorsqu'ils voulaient quelque chose. Comment un homme peut-il acquérir pareille appellation ? Serait-ce parce que je suis bel et bien un individu... *reposant* ? Quelqu'un de charmant, de délicieux, d'enchanteur, de ceux qu'on invite à la maison pour prendre le thé ? À qui on sourit sans même savoir pourquoi ?

Non. Pas vraiment.

Ce serait plutôt l'inverse.

Lorsque les gens me croisaient dans la rue, ils changeaient généralement de trottoir. Avant l'abattoir, la rebuffade constituait un élément naturel de mon rapport avec les autres.

On ne m'invitait jamais nulle part ; on m'évitait. Les gens ne me parlaient jamais vraiment ; ils s'adressaient à moi.

Pour leur défense, je dois avouer que je suis vraiment, vraiment très laid.

Il serait difficile — voire même impossible — de dire à propos de quelqu'un qu'il est reposant lorsqu'il ne l'est pas. Je crois pouvoir affirmer avec certitude que je n'ai jamais apaisé qui que ce soit au village, de quelque façon que ce soit. Donc, si on disait aussi ouvertement et depuis tant d'années que j'étais *reposant,* on le disait soit par dérision, soit par moquerie.

Car je ne fais qu'exister.

Deux heures à tuer. Je dépose le vieux fusil et le téléphone cellulaire, ouvre mon sac et en étale le contenu devant moi.

Les souvenirs de ma vie antérieure se répandent sur le sol en béton de l'abattoir : pendentif écaillé, parapluie télescopique, rouleau d'étiquettes *spécial de la semaine*, écureuil empaillé, sculpture en bois représentant un forgeron au travail, casquette norvégienne, bouquet de fleurs séchées, dé à jouer en métal, petit camion de pompiers, bâton de rouge à lèvres.

Rouge, odeur céleste.

Saisissant ma casquette norvégienne toute fripée, je m'en coiffe.

Je dois ressembler à un capucin.

Le village que j'habitais encore la semaine dernière avait survécu tant bien que mal aux attaques nourries de la modernité. Entouré d'usines, il n'en demeurait pas moins virtuellement inaltéré.

Pittoresque.

Là-bas, la vie était presque supportable.

Ce village, je le comparais souvent à moi : silencieux, éclopé, timide et anachronique. Son existence même représentait un défi à la perfection de la civilisation qui l'assiégeait et qui l'étouffera peu à peu.

Lorsque je marchais dans les rues de mon patelin, avant ou après le travail, je sentais les regards qui se posaient sur mon visage depuis les fenêtres. Même après tout ce temps, toutes ces années, je demeurais un étranger.

Officieusement, bien entendu, j'étais accepté.

J'avais un emploi, après tout.

Mais le lien, ce lien pourtant si simple qui unissait *les autres,* j'étais incapable de le ressentir.

L'indifférence et la répulsion immémoriale, voilà ce que je me voyais forcé d'accepter ; le vide enchanté d'un désert perpétuel ; l'omission volontaire ; l'oubli à court, à moyen et à long terme ; le silence *conquistador* de l'implacable science de l'esquive.

L'esquive, le camouflage.

Depuis longtemps déjà, je préférais afficher un air lugubre plutôt que de laisser entrevoir ma monstruosité.

Enfoncée jusqu'à l'os, solidement attachée sous le menton, ma casquette norvégienne me tenait souvent lieu de bouclier contre la douleur provoquée par le regard abasourdi de l'enfance sur mes oreilles démesurées. Un vieux pardessus interminable voilait ma silhouette atrophiée aux yeux des femmes.

Les hommes? Je m'en fichais.

En raison de leur sinistre inconscience et de leur stupidité intrinsèque, leurs sarcasmes étaient plus tolérables.

Ce serait mentir que d'affirmer que j'ai connu l'amitié.

L'amour, par contre, ça je connais.

J'aimerais, dans mes rêves, n'entendre que votre voix.
Que la vôtre.
Mais tel n'est pas le cas.

Pour le pèlerinage à l'abattoir, bien loin de mon village, je n'ai apporté pour me tenir compagnie que les babioles que je considérais comme essentielles. À la veille du départ, j'ai choisi mon trousseau avec soin. Tout au long de ma vie, je m'étais encombré d'une multitude d'objets symboliques. Ils me rappelaient tantôt une soirée agréable, une découverte insolite, une personne que j'aurais voulu mieux connaître ou, le plus souvent, un moment d'intense tristesse.

Infinie noirceur.

Illumination d'une ville lointaine.

Émouvante complexité d'un grand fleuve endormi.

Sombre reflet d'un visage contrariant sur la vitre de la fenêtre.

Bougie, insomnie, nudité, chaise droite.

Ce soir-là, j'étais chez moi pour la dernière fois. Ma maison, qui depuis que j'y vivais n'avait connu d'autre odeur que la mienne. Une vieille construction au bord du fleuve. Une petite maison toute bleue. Un palais où j'entassais artefacts, livres et souvenirs. Au fil des saisons, elle était devenue un temple érigé à la mémoire d'un homme qui n'avait pas vécu.

Ni femme, ni enfant, ni chat, ni chien.

Qu'un nid de guêpes.

Lorsqu'on est aussi seul que je le suis, rien n'est impossible. La solitude révèle au cœur de l'homme sa véritable nature : sa magnificence la plus emphatique et sa médiocrité la plus prosaïque.

La tristesse est un sentiment au-dessus de mes moyens.

Parler. À n'importe qui. À n'importe quoi. Mais parler.

Causer. Discourir au lieu de regarder ses pieds.

J'avais tout essayé. Peine perdue.

En place pour un univers catatonique.

Ce soir-là, le plancher avait vibré en un frémissement contagieux.

J'avais relevé la tête.

Ravissement immédiat.

Dans un instant, deux navires se croiseraient tout juste devant chez moi. Des bateaux, il en passait chaque jour sur la voie maritime. Je les connaissais pratiquement tous.

Un vaisseau de la marine marchande néerlandaise glissait sur le fleuve. À son bord, les marins s'éclataient. Ils buvaient comme des couventines affranchies tentant d'oublier leur âme. Sur le pont, un mathurin montait la garde. La fumée de sa cigarette se perdait en d'émouvantes farandoles qu'il dédiait inconsciemment à celle qu'il aimait. De l'autre côté de l'océan, en pleine nuit battante, sa fiancée rêvait du jour où, couverte de satin, elle franchirait enfin le seuil de l'église de son village, l'amour au bras.

Le navire hollandais disparut, temporairement masqué par un géant.

Affriolant de lumière, un immense paquebot descendait le fleuve. Celui-là, luxueux navire britannique, se rendait aux Caraïbes. Sa féerie était indiscutable. Qu'on l'admire béatement ou qu'on le ridiculise avec condescendance, on ne pouvait qu'être ravi par son passage.

À bord de cette ville flottante, les gens s'amusaient. À cette heure-là, au début de la nuit, le grand bal quotidien s'achevait. La musique se faisait plus douce, plus lente. Les corps se frôlaient. Le regard des vieux amants scintillait. De nouveaux couples se formaient pour la nuit.

Bientôt, les robes émoustillées tomberaient sur le sol en s'enroulant, comme par enchantement, autour des chevilles minces et soyeuses des magiciennes de l'amour.

Tremblant d'amertume, je m'étais masturbé comme un cyclope.

Le cellulaire sonne de nouveau. On me demande si tout va bien. Je me redresse et me rends jusqu'à la fenêtre du débarcadère. Il y a des renforts. Un cordon de police encercle le périmètre, afin d'empêcher les curieux de s'aventurer trop près. Cette fois-ci, au téléphone, on insiste. On désire savoir ce que je veux.

«Demandez aux journalistes d'annoncer à Gloire que je suis ici», fis-je calmement à trois reprises dans le combiné avant de couper la communication.

Je laisse les policiers à leur travail, celui de réussir à me faire sortir d'ici sans effusion de sang.

Je travaillais, moi aussi.

J'avais un emploi et respecte donc le leur.

Sucre, farine, pommes de terre, lait, céréales, croustilles, boisson gazeuse, jambon, bœuf haché, pain tranché, oignons, sardines, laitue iceberg, harengs fumés, confitures, papier hygiénique, saucisson de Bologne, poitrine de porc, sirop de maïs, macaroni au fromage, mélange pour crème caramel, brisures d'ananas, haricots verts coupés, biscuits secs, riz enrichi précuit à longs grains, margarine molle, soupe aux pois, dattes dénoyautées, café instantané, marinades, beurre d'arachide extra-crémeux, bière.

Contrairement à ce que l'on pourrait croire dans certains milieux qu'il serait inutile de nommer, le travail d'emballeur à l'épicerie n'était pas banal. Je le considérais même comme assez instructif. Rares sont les professions où on peut se targuer d'en apprendre autant sur les gens. Je connaissais par cœur toutes les habitudes alimentaires du village. Par-dessus le marché, selon l'heure d'arrivée au commerce et l'expression sur le visage des clients, à la manière qu'ils avaient de faire leurs emplettes, au temps qu'ils passaient à contempler les spéciaux, à la façon qu'ils avaient de payer, de préparer soigneusement leurs billets longtemps à l'avance ou de sortir leur portefeuille au dernier instant, j'en découvrais plus sur leur vie de tous les jours que leur médecin de famille n'en savait sur l'état de leur myocarde.

Sans me couronner de la tiare de *Commandant en chef des armées du royaume de l'utopie,* je suis en mesure d'affirmer que Gloire et moi avions quelque chose en commun.

Différents l'un de l'autre jusqu'à la moelle, nous l'étions.

J'en conviens.

Mais, pour les habitants de nos villages respectifs, un lien romanesque nous unissait à jamais : nous étions des étrangers et, à leurs yeux, nous resterions des étrangers pour toujours.

Les habitants de mon village, ceux avec qui j'aurai tellement tenté de fraterniser, m'auront pratiquement ignoré jusqu'au dernier jour.

Il est vrai que je n'étais pas natif du village. Il est également vrai que si j'avais un quelconque lien de parenté avec *eux*, c'est que j'étais le digne rejeton de leurs pires cauchemars. Le morpion enfin adulte qu'ils étaient si heureux de n'avoir jamais enfanté.

Mais elle aussi, elle venait d'ailleurs.

D'au-delà des frontières topologiques de cet autre village fortifié par les spectres de ses ancêtres.

Adoptée hors des murs de l'enceinte.

La situation est stable. Les otages semblent se tenir tranquilles. Les policiers respectent mon silence. Lors du dernier coup de téléphone, ils m'ont affirmé que les journalistes diffusaient mon message.

«*Annoncez à Gloire que je suis ici, annoncez à Gloire que je suis ici, annoncez à Gloire que je suis ici.*»

Affamé, j'attends toujours.

Dans le fond de mon sac, je déniche quelques miettes de biscuits — que je dévore.

Pour ma dernière soirée au village, j'avais décidé de sortir. De m'arracher au sordide. À ce jour de congé qui n'en finissait plus.

Déguerpir. Être ailleurs.

Lorsque je ne travaillais pas, l'horloge m'obsédait. Huit, neuf, dix, onze... le temps passait. Dix-sept, dix-huit, dix-neuf... je pliais sous son poids. De peine et de misère, je parais les coups de griffe que le silence des fenêtres m'infligeait. À l'extérieur, armées de leur seule souplesse, les feuilles dans les arbres s'époumonaient à vaincre les forces incisives du vent. Elles se débattaient avec furie contre un adversaire qui, un jour, les achèvera sans merci.

En toute hâte, je m'étais préparé un repas ; mon estomac le réclamait.

S'alimenter.

J'avais un arrangement avec le patron. À la fin de chaque journée à l'épicerie, je pigeais librement dans les produits périssables qui, à peine défraîchis, seraient néanmoins laissés pour compte, les denrées restantes devant céder leur place aux nouveaux arrivants.

Depuis des années, je mangeais ce que les autres n'avaient pas su acheter.

C'était une habitude qui me plaisait.

Les fruits trop mûrs étaient plus sucrés et les légumes

fanés plus savoureux. J'éprouvais de la tendresse envers les boîtes de conserve abîmées. Les biscuits cassés ? Un vrai délice. J'étais fier de saisir d'une main un vieux pain un peu sec et de lui murmurer en douceur : «Par ici, ma miche... Tu viens de rencontrer ta poubelle.» Mais, dans toute cette orgie, je préférais par-dessus tout les *bouts de viande,* ces extrémités invendables de saucissons et pâtés en tout genre. Gentiment, le boucher me gardait les plus beaux spécimens.

Mastiquant encore avec délice le dernier bout de pastrami d'un copieux repas, j'avais enfilé mon pardessus et mis ma casquette norvégienne.

J'habitais à dix minutes du village, sur un immense terrain parsemé d'arbres, qui allait de la route principale au fleuve. Ma petite maison semblait égarée en plein centre de ce domaine. Mon palais n'était pas un temple grec. Il n'avait rien d'une mosquée. Là-bas, pas de coupoles, de minarets. Pas de tourelles, de clochetons, de meurtrières. Le manoir de Monsieur Reposant, c'était un cube de bois peint en bleu, coiffé d'un toit à pignon.

J'étais descendu jusqu'au rempart de mon château fort. Construction sobre et essentielle, le rempart protégeait les terres du village contre l'érosion et la montée des eaux du printemps. Surplombant d'une douzaine de mètres le niveau du fleuve, il longeait le rivage sur plus de sept kilomètres.

Le fleuve avait été pour moi une source inépuisable d'émerveillement.

En dix années passées à le côtoyer journellement, je ne l'aurai jamais vu demeurer de la même couleur pendant plus d'une heure.

Ce fleuve, c'était un miracle, un mirage, un caméléon.

Tel un kaléidoscope vivant, il défiait l'ordre naturel des choses.

Ce soir-là, sur fil gris éthéré, il était agité de reflets métalliques ; déterminées à étendre leur territoire jusqu'à l'infini, des vagues fortes et hardies se heurtaient contre la muraille du progrès.

En équilibre instable sur le rempart, la tête enfoncée dans les plis et replis violacés du grand col de mon pardessus, je m'étais dirigé vers le centre du village d'un pas rapide. Au loin, j'apercevais déjà les lueurs de l'épicerie.

Je sautai sur la terre ferme et amorçai une remontée vers la lumière.

Je passai devant l'église en fermant les yeux et me retrouvai devant la grande vitrine de l'épicerie. Je crispai le poing et frappai avec ardeur sur la surface froide du châssis vitré. À l'intérieur, le balayeur releva la tête et m'aperçut. Je devinai une frayeur primitive dans ses yeux. Me reconnaissant après une seconde de terreur, il me salua d'un mouvement de serpillière et retourna à son ouvrage.

En le regardant travailler, je fus ému de constater que le lendemain, grâce à lui, les carreaux du sol de l'épicerie seraient immaculés pour l'ouverture.

Mais je ne serais plus à mon poste.

À cette heure-là, les rues étaient désertes. Le propriétaire du dépanneur, qui fermait toujours très tard, venait tout juste de cadenasser son commerce. La notion de vol n'existait pas au village. La plupart des gens laissaient les portes de leur demeure déverrouillées toute la nuit. Mais le propriétaire du dépanneur était un homme très prudent ; *il avait peur des étrangers.*

À l'aventure, une voiture isolée était venue troubler la quiétude du pays. Elle avait accéléré en passant devant la quincaillerie.

Là aussi, on nettoyait.

À la banque, par contre, l'obscurité régnait ; le coffre-fort blindé de l'établissement financier se recueillait.

Une vieille femme sortit de chez elle avec une boîte en carton qu'elle déposa sur le trottoir, à proximité d'un sac orangé ; demain, c'était jour d'ordures. Sitôt la dame disparue, je fouillai dans la boîte.

Dans la vaste majorité des cas, j'éprouvais de la compassion envers les poubelles. Comme elles, j'acceptais sans rechigner ce avec quoi on me bourrait. Comme elles, j'ingérais tout en attendant… l'éventuelle délivrance.

Malheureusement, la boîte de la vieille femme était inintéressante. Son contenu m'avait déçu.

Un peu plus loin, dans une artère transversale, je dégotai une poubelle en plastique verte qui, elle, réussit à me séduire. Après une fouille minutieuse, je la quittai en la soulageant de trois objets : un pendentif écaillé, une poupée au sourire attendrissant et un vieux livre déchiré.

Je m'arrêtai derrière la pharmacie. Là-haut, chez elle, au deuxième étage, un mince filet de dentelle frivole voilait à peine son intimité. Au plafond de la salle de séjour, que j'entrevoyais à travers la fenêtre maquillée, je fixai l'ombre élancée de sa silhouette. La pharmacienne était musicienne. Cette nuit-là, au plafond, l'ombre profilée d'un corps de fée semblait danser avec un violoncelle.

Ici-bas, pour toute musique, je n'avais entendu que le chagrin déchirant d'un ruisseau pollué qui coulait inexorablement vers le fleuve.

En finissant d'avaler par pincées les miettes de biscuits, je saisis le pendentif écaillé trouvé dans la poubelle.

Je vous aime et c'est affreux. Je crois vous aimer, c'est encore pire. Dans les faits, je vous vénère.

Une douce chaleur enveloppante m'avait accueilli ce soir-là dès que j'avais entrouvert la porte : lumière. Le pardessus et la casquette norvégienne avaient regagné avec joie leur patère. Je déposai délicatement la poupée sur une tablette déjà trop encombrée et mis de l'eau à bouillir. Quitter mes vêtements transis de froid me fit le plus grand bien. Enfin nu, enfin illimité, j'allumai une bougie sur la table de chevet et retournai à la cuisine. Dans une solide tasse en terre cuite au rebord à peine craquelé, j'enfonçai, du bout d'une fourchette, un vieux sachet de thé dans l'eau bouillante. Après moins d'une minute d'infusion, je retirai la poche dégoulinante de la tasse et la jetai en pâture au sac d'épicerie recyclé qui, accroché à la poignée du garde-manger, me tenait lieu de poubelle ; il ne faudrait pas oublier de mettre ce sac à la rue dès le lendemain matin, avant de partir pour l'abattoir.

Le doigt bagué par l'anse de la tasse, j'avais éteint la lumière de la cuisine. En passant près de la patère, je fouillai de ma main libre dans les grandes poches du pardessus et y retrouvai le pendentif écaillé.

Le bijou abîmé me suivrait, bon gré mal gré, jusque dans mon lit.

Du bout des lèvres, j'aspirai une lampée de liquide bouillant. J'étendis mon corps famélique de tout son long sur le matelas et, à la nitescence de la bougie, examinai le pendentif de plus près.

Il s'agissait d'une plaque orbiculaire en métal doré. Le bijou pastichait un cadre ancien, dans lequel je découvris avec béatitude le visage, le cou et les épaules d'une femme ; la reproduction d'un tableau de facture romantique.

Ensorcelé par cette fanfreluche, je l'avais tourné et retourné entre mes mains. Au verso, j'en avais découvert la provenance : MADE IN GERMANY

La jeune femme du tableau ne ressemblait pas beaucoup à Gloire. Le visage sur le pendentif était joli, mais plutôt quelconque. Les yeux de la dame étaient expressifs, mais trop sombres. Les lèvres, agréables quoique trop minces, étaient immortalisées sur la reproduction en un sourire fort plaisant, certes, mais incomparable à celui, divin, de ma Gloire. Par surcroît, la dame sur le portrait —

que j'avais examiné à la loupe — regardait vers l'extérieur du cadre du tableau.

Elle, c'est certain, aurait regardé l'artiste droit dans les yeux.

Bien qu'elle fût à des années-lumière de pouvoir être comparée à l'amour, j'avais conclu que la demoiselle à boudins du pendentif était fort mignonne.

ROUGE, ODEUR CÉLESTE

La matinée passa sans laisser de traces. Le téléphone sonnait, sonnait. Vers treize heures, je daignai répondre. Le négociateur me parla longtemps. Il me demanda de lui expliquer les motifs qui m'avaient poussé à commettre cet acte. Il voulait, disait-il, «me connaître». En apprendre «plus sur ma vie». Il semblait sincère. Je ne parlais pas beaucoup. Il me proposa de faire preuve de bonne volonté en libérant un premier otage. Je lui demandai si les médias diffusaient toujours mon message. Il me répondit que oui. Je le sommai de m'en fournir la preuve. Il me suggéra un échange. Un otage contre un téléviseur. J'acceptai. Je lui demandai également de la nourriture, pour les otages et moi.

«Qu'est-ce que tu veux manger?

— N'importe quoi, sauf du poulet.»

Je crois pouvoir affirmer qu'il réprima une envie de rire.

L'échange allait avoir lieu de la façon suivante. À mon signal, le négociateur s'avancerait à mi-chemin entre le cordon de police et l'abattoir, déposerait le téléviseur et la nourriture sur l'asphalte, puis rebrousserait chemin. L'otage choisi irait chercher le tout et reviendrait à l'intérieur.

Ensuite, il serait libre.

Je dégage la porte du bureau, poussant de toutes mes forces sur les caisses de matériel lourd. Je pénètre à l'intérieur du local et ordonne aux otages de se lever. À l'exception du grand blond et d'un chauve bedonnant à l'allure coriace, les douze hommes se ressemblent tous. Ils sont anxieux. Ce sont des fauves en cage. Ils sont tous de race blanche, moustachus, musclés et de taille moyenne. Leur âge varie entre vingt-cinq et quarante-cinq ans. Mon choix se porte instinctivement sur le grand blond. Je lui dis de me suivre. Pointant toujours mon fusil sur les hommes, je recule sans les quitter du regard.

Je demande au grand blond de refermer la porte, puis de repousser les caisses de matériel lourd jusqu'à leur place.

Docile et résigné comme un vieillard à Auschwitz-Birkenau, il obtempère.

Nous nous dirigeons vers le débarcadère. Il a de l'humour. Son discours est articulé. Mon otage est un jeune homme brillant. Il a fait ses études à la grande ville et détient une maîtrise en philosophie.

«C'était le doctorat ou l'abattoir et j'ai choisi l'abattoir», me dit-il en marchant.

Le philosophe ouvre la porte du débarcadère. Il s'avance en douceur et sort de l'abattoir. Mon œil gauche est exorbité, déterminé. À l'ombre d'une pyramide de poulets, j'accompagne ses moindres faits et gestes de la pointe du vieux fusil.

Il regarde à gauche, puis à droite. Je le sens qui se tend. À ma grande surprise, il se met à lancer des ordres à des hommes que je ne peux voir.

«Ne restez pas ici! Ne tentez rien! Cet homme n'est pas dangereux et moi je tiens à ma peau! Reculez immédiatement! Si vous ne partez pas, je reste avec lui! Vous m'entendez? Partez d'ici!»

Éberlués, les hommes des unités spéciales reculent et je les aperçois enfin. Quatre hommes en noir, armés jusqu'aux dents. Ils étaient dissimulés, collés contre le mur de la bâtisse. D'un pas mesuré, ils battent en retraite jusqu'au cordon de police.

Le grand blond examine craintivement les environs, se décide et va chercher le téléviseur ainsi que la nourriture. Il reviendra déposer les deux caisses à l'intérieur de l'abattoir sur le bout des pieds. Avant de me quitter, il sort de sa poche une plume et un calepin. Il gribouille en vitesse deux phrases sur le papier.

«C'est d'un grand philosophe...» me dit-il en arrachant la feuille du calepin. Je referme bruyamment la lourde porte de fer sur son départ.

Tant que je vivrai, vous vivrez et la mort vivra. Tant que j'aurai un souffle, vous respirerez et la justice respirera.

Le négociateur rapplique. Au bout du fil, il me félicite d'avoir su garder mon sang-froid.

«Si vous tentez une autre intervention des unités spé-

49

ciales, je ferai éclater la cervelle d'au moins deux de mes otages avant que vous ne puissiez m'atteindre», dis-je sèchement.

Je lui demande ensuite de me laisser en paix jusqu'au bulletin d'information de dix-huit heures.

J'ouvre la première caisse : téléviseur en assez bon état, télécommande, antenne en *oreilles de lapin*, câble électrique de vingt mètres.

Je trouve rapidement une prise de courant et installe le téléviseur à même le béton, à proximité de mes autres objets.

La réception est mauvaise. Un vieux film français que j'ai vu trois fois, une émission de variétés ennuyeuse, un *soap* américain assommant et, finalement, un documentaire sur la réalité virtuelle — qui retiendra mon attention.

J'ouvre la seconde caisse : pain tranché, rôti de bœuf tranché, moutarde, berlingots de lait au chocolat, craquelins, trempette à l'aneth et aux cornichons, feuilletés à la crème, fromage cheddar, bière d'épinette, gobelets en papier.

C'est l'heure du lunch. Je me prépare un immense sandwich au bœuf et à la moutarde, décapsule la bouteille de bière d'épinette et pose mon festin devant le téléviseur. Je me dirige vers le bureau où les otages se terrent bien malgré eux, pousse les caisses de matériel lourd, ouvre la porte et, d'un habile coup de pied, fais glisser la boîte de nourriture à l'intérieur de leur refuge.

« Bon appétit ! » dis-je en refermant la porte et en la bloquant de nouveau.

Devant le téléviseur, je suis une éponge vivante. J'avale le sandwich, bois la bière d'épinette et gobe le documentaire sur la réalité virtuelle. On y traite entre autres de techniques magnétiques de détection de la position du corps humain, de systèmes de visualisation par simulation sensorielle et de circuits télématiques de présentation de données synchronisées. L'émission dérive quelque peu. Le narrateur parle maintenant de progrès technologique intégral, du pouvoir de la communication, de domotique, de géomatique appliquée et d'autoroute électronique.

Je ne comprends strictement rien au documentaire, mais, faute de quelque chose de plus divertissant, je m'en gave.

Et je pense *à vous.*

Montrant un intérêt parfaitement simulé envers les petites joies et les grands exploits que les autres me racontent ou me dictent, je suis et serai, pour celui ou celle qui me parle ou me parlera, un microphone branché sur « le système quadraphonique de l'oubli ».

Pour eux, ceux qui daignent me tartiner de leurs « précieux renseignements », je demeure et demeurerai un mécanisme d'enregistrement anonyme ; celui qui approuve leurs actes ou leurs croyances par une simple grimace.

Car je suis le chimpanzé de leur conscience.

Après la pause commerciale, en guise de conclusion au documentaire, on fait l'éloge du *virtuonaute,* «le véritable aventurier du troisième millénaire».

Cette fois-ci, je crois comprendre ce que le narrateur tente de résumer : dans un univers qu'il aura fabriqué lui-même, selon ses désirs du moment, le virtuonaute contrôlera sa destinée. Sans avoir à quitter son domicile, il travaillera, se renseignera, s'amusera, voyagera. Le virtuonaute pourra même créer son partenaire sexuel idéal, qu'il pourra conserver en mémoire dans son ordinateur et modifier au gré de son humeur, de ses fantasmes ou de ses extravagances.

Sur le téléviseur, le générique du documentaire se met à défiler à toute vitesse. Fixant l'écran cathodique d'un regard vitreux, je déclame soudainement, avec certitude : «Je suis contre.»

J'aurai appris quelque chose d'important aujourd'hui.

Sans le savoir, je lutte contre la réalité virtuelle depuis ma naissance.

Dans la fraction de seconde silencieuse qui sépare la fin du générique du début de la prochaine pause commerciale, j'entends des pas.

Ces pas sont feutrés mais rapides. Ils se rapprochent.

Je me retourne. Vision d'horreur.

Je saisis mon fusil par le canon et me redresse. Le premier otage est déjà devant moi. Il est armé d'un canif et m'inflige une blessure au visage.

Du sang, oui, c'est du sang.

Aveuglé, je ne pense plus. Les muscles de mes bras se tendent, puis se détendent. La crosse du vieux fusil s'envole. Le bois touche sa cible. Le mutin, le chauve bedonnant, s'effondre sur le sol. Pendant que le vieux fusil virevolte dans les airs et que je le rattrape miraculeusement par le bloc de la culasse, mes bottes se mettent à l'œuvre. Elles frappent les côtes de l'homme effondré avec une rage que je ne maîtrise plus.

Les autres otages sont figés sur place comme des statues de cire.

Mon cœur bat la chamade. La sueur, la bave et le sang me dégoulinent dans le cou.

Mon souffle bourdonne, halète. Vacillant, je recule de quelques pas. J'observe la scène. Le téléviseur est intact. Le chauve ne semble pas gravement blessé. Il se relève, marche vers ses camarades avec peine. Pitoyables mais surtout désarçonnés, les papillons sont redevenus des larves.

Malgré une irrésistible envie de faire feu dans leur direction, je tiens bon. Le négociateur avait raison : mon flegme est surprenant.

Je suis blessé, en proie à des éblouissements posttraumatiques. Les accrocheurs n'ont pas respecté le contrat. Je ne peux plus leur faire confiance. Encore moins me permettre de les lâcher des yeux. Une fois le prédateur trahi, la vermine n'a qu'à bien se tenir.

À la vitesse de l'éclair, je concocte un plan pour empêcher toute autre mutinerie.

Je lance cet ordre sur un ton inquisitorial, en essuyant d'une manche de ma chemise le sang qui me recouvre en partie le visage : «Déshabillez-vous maintenant!»

Mon commandement est on ne peut plus formel. Sans sourciller, les accrocheurs se dévêtent. Un à un, ils quittent leur froc de travail. Pendant que les moustachus empilent leurs vêtements imbibés de transpiration sur la table de leur patron, j'entraîne le chauve à l'écart.

« Tu travailles ici depuis combien de temps ?

— Bientôt neuf ans…, répond-il.

— Je veux de la corde. Quelque chose de… solide. Tu comprends ? »

Tout en lui parlant, je colle l'extrémité du canon de mon fusil au creux de sa gorge et pousse le métal contre sa peau jusqu'à ce qu'il relève la tête.

Rien ne me surprendra jamais plus. Même cette procession d'hommes nus devant moi ne me déconcerte pas.

Le chauve ouvre le cortège en claudiquant. Les autres le suivent comme des moutons. Je ferme le défilé. Nous nous rendons à la remise de l'abattoir et marchons d'un pas assez rapide, compte tenu des circonstances.

« C'est ici, dit le chauve en s'arrêtant sur le seuil d'une porte métallique.

— Toi, tu entres là-dedans, tu trouves de la corde et tu ressors sans faire de conneries », dis-je en pointant le canon de mon arme vers un des moustachus à l'air particulièrement fade.

Autour d'un rouleau de corde en nylon qui fera très bien l'affaire, les accrocheurs attendent mes instructions. Je ne les fais pas languir. Je demande au chauve d'aller récupérer son couteau de poche, que j'ai déposé sur le téléviseur. J'ordonne aux moustachus de s'asseoir sur le béton, à bonne distance l'un de l'autre. Le chauve revient. Il semble calme, résigné et coopère avec un zèle admirable.

S'assagirait-il avec l'expérience... ou deviendrait-il plus humble à force de se pavaner avec ce sexe grotesque et minuscule renfrogné entre ses lourdes cuisses ?

Sous mon étroite surveillance, le chauve attache les poignets d'un premier otage. Je lui dicte la marche à suivre. Nœud simple au premier passage, suivi d'un nœud coulant puis, enfin, d'un nœud d'arrêt. Je vérifie son travail et ne trouve rien à redire. C'est parfait. Les poignets du moustachu sont mieux ficelés qu'une botte de foin. Je n'aurais jamais pu me douter qu'un jour ou l'autre mes lectures sur les galères de combat phéniciennes me seraient d'un aussi précieux secours.

À l'exception de ceux de mon collaborateur, les poignets de chacun de mes otages sont à présent indissolublement liés dans la douleur. Pour récompenser le chauve de son bon travail, je lui décoche un solide coup de poing au museau, suivi d'un autre. Il s'affaisse sur le sol et je lui ficelle les poignets à son tour.

Pour un maximum de sécurité, je dois maintenant faire en sorte que les otages ne me dérangent plus, même dans leurs rêves. J'appuie le vieux fusil contre le téléviseur et, à l'aide du couteau de poche, coupe onze bouts de corde d'environ soixante centimètres chacun.

Je m'approche d'un des otages et l'aide à se lever en le tirant par les poignets. Je le force à m'accompagner dans le daleau, un canal en acier inoxydable assez large mais peu profond qui parcourt le sol sous la chaîne — qui tourne, tourne sempiternellement.

Le daleau a pour fonction première de recueillir les plumes et le sang des poulets qui, suspendus par les pattes, traversent les différentes étapes de leur transformation.

Avec fermeté, sans laisser la moindre place au doute, je fais connaître mes intentions au premier moustachu. Je soulève ses bras bronzés jusqu'à ce que la corde maintenant ses poignets unis se trouve en contact avec le rail. Un des innombrables crochets qui parsèment la chaîne s'approche de nous.

Le voilà. C'est l'accostage.

Le crochet entraîne le prisonnier dans son sillage. Je le suis quelques secondes, le temps d'amarrer l'accrocheur au crochet. En marchant dans le daleau au rythme de la chaîne, le moustachu s'éloigne. Après avoir accompli un tour complet de l'abattoir, il reviendra à son point de départ, sous les regards stupéfaits de ses camarades.

Je m'assure que le système fonctionne et qu'il est inviolable. Il l'est.

Vingt minutes plus tard, ils seront tous dans le daleau, les bras au-dessus de la tête, suivant l'exemple de résignation du premier cobaye.

Il est seize heures quarante-cinq.

Chanceler. Mes pieds, mes chevilles, mes genoux se rebiffent.

Je suis un homme blessé.

Il ne m'a pas raté.

En proie à de vagues vertiges, je cherche à me panser. À enrayer l'hémorragie qui transforme mon front en fontaine sanglante.

Je m'immisce dans la salle de bains attenante aux bureaux du personnel de soutien logistique de la compagnie, un minuscule cabinet de toilette réservé à ceux qui se contentent de jongler avec les factures et les bons de commandes au lieu de s'ébrouer avec la matière première. Je dépose le vieux fusil et le cellulaire sur les carreaux de céramique immaculée, enlève ma casquette norvégienne et plonge la tête sous un robinet d'eau glacée.

La sensation est agréable, vivifiante.

J'y resterai longtemps.

Faute de gaze, j'arrache le rouleau de tissu d'un distributeur servant habituellement aux employés de bureau pour se sécher les mains. J'enroule la lisière de coton gaufré autour de ma tête, en exerçant une pression constante sur la blessure.

En remettant ma casquette et en me l'attachant sous le menton, je conclus que mon dispositif primaire de premiers soins tiendra le coup, ne serait-ce que provisoirement.

Le miroir me renvoie une image alarmante.
L'épuisement gagne du terrain.
Les traits de mon visage — généralement crayeux, mais tout de même… expressifs — sont devenus inquiétants.
Ils sont à présent aussi pâles qu'une flaque de cire brûlante sur le dessus d'un cierge pascal.

Un étourdissement me force à plier l'échine.
Me tenant la tête à deux mains, je m'étends sur le carrelage de la salle de bains ; me fermant les yeux, je me recroqueville et sombre dans les méandres d'un passé équivoque.

Le feu de joie s'élevait dans le ciel de cette nuit farouche. Il enluminait d'éclats souverains des silhouettes dégingandées. Dansant autour des flammes comme les pantins du plaisir d'être jeune, des adolescents défiaient par leur insouciance les lois les plus élémentaires de la tragédie humaine.

Il y avait là une taquine, un taquin, une coquine, un coquin... et une petite.

De prime abord, la taquine occupait toute la place. Du haut de ses seize ans, elle était la plus âgée du groupe. Sa longue et souple chevelure noire de gitane virevoltait autour du feu avec une fougue étonnante. La jeune fille brandillait les lignes modernes de son corps énergique au rythme de la musique endiablée d'une chanson américaine on ne peut plus à la mode. De temps à autre, elle lançait un regard qu'elle voulait complice et éloquent en direction du coquin, qu'elle courtisait ouvertement.

Le coquin gigotait sur place en tentant de suivre le rythme trépidant de la musique. Beaucoup trop grand pour son âge et maigre comme un cure-dent, il déplaçait gauchement ses pieds sur la pelouse. Par contre, son charme était incontestable. Au lieu d'être la victime d'une paire d'oreilles décollées et d'un petit nez ridicule, il se servait de ses attributs loufoques pour colorer son personnage. Le coquin était drôle. Vraiment drôle. Il faisait rire les jeunes filles aussi facilement qu'il respirait. Et il ne respirait que le parfum de la coquine. Mais la coquine aimait le taquin, qui n'avait d'yeux que pour la taquine.

Le cycle sans fin de l'amour impossible s'incarnait ici dans toute son ivresse : la taquine aimait le coquin, qui aimait la coquine, qui aimait le taquin, qui aimait la taquine.

La petite, pour sa part, se tenait à l'écart des autres. À douze ans à peine, elle n'était acceptée dans ce groupe que parce qu'elle était la sœur du coquin.

La petite était jolie.

Belle comme le sont rarement les très jeunes filles.

Mais timide jusqu'à l'âme. Et trop sensible. Trop raffinée. Trop lucide.

Elle ne dansait pas, la petite. Elle ne se livrait pas au rituel initiatique du jeu infini de l'éréthisme cambrien. Passionnée d'astronomie, elle regardait les étoiles. Elle dérangeait les autres par cette absence. Son cou était tendu vers le ciel. Ses bras pendaient le long de son corps naissant. Sous des vêtements trop grands pour elle, la petite se recueillait devant l'immensité des cieux. Ses seins n'étaient pas encore des seins, mais bien deux pointes annonciatrices du renouvellement éternel des sens.

Moi, du haut de mes quatorze ans, anonyme et camouflé, immatériel comme un chacal derrière un arbre centenaire, j'avais quitté la clairière en courant.

En y repensant aujourd'hui, elle vous ressemblait un peu. La petite fille du village avait votre regard éperdu, Gloire, ma chérie.

Je me réveille en sursautant. J'ignore s'il s'agissait d'un assoupissement ou d'un bref délire. Le cellulaire a sonné et je n'ai pas répondu. Je me relève, récupère en vitesse le vieux fusil et reviens en trombe au cœur de l'abattoir.

Rien n'a changé. Les onze otages sont toujours nus et suivent scrupuleusement le sillage de leurs crochets. Quelques-uns se tournent vers moi.

«Non, je ne suis pas encore mort, messieurs…», dis-je en ajustant mon turban.

Je lis la haine et la peur, une peur bleue, dans leurs yeux.

Un otage passe près de moi.

«Ils ont parlé de l'abattoir à la télévision», dit-il.

Je regarde l'horloge sur le mur. Il est dix-neuf heures dix. J'ai manqué le bulletin d'information. Je somme l'accrocheur. Je veux savoir ce qu'ils ont dit.

«Qui est cette… *Gloire*?» me demande-t-il nerveusement.

Pendant que le moustachu poursuit sa ronde sur le carrousel de la chaîne, je respire.

LA GRANDEUR DU MONDE

J'éprouve le besoin de deviner la grandeur du monde. Candide et ambitieux comme un physicien nucléaire à la retraite, je tente même parfois d'en comprendre le fonctionnement. Le reste du temps, je me contente de méditer sur l'étendue de sa richesse.

Je ne suis pas un voleur ; je ne palperai jamais le portefeuille de la Terre afin de m'assurer de son emplacement exact. Je n'ai rien non plus d'un ravisseur de théories improbables ; l'univers est pour moi vertueux et ses secrets sont sacrés.

Je n'ai jamais vraiment voyagé.

Retranché dans un asile souverain, j'étais resté là-bas, *chez moi,* au village.

De l'intérieur de mon ancienne cellule, enfermé dans une aphasie livresque, celle des bouquins repêchés dans les poubelles de mes voisins, je saluais les bateaux qui passaient sur le fleuve.

En perpétuelle génuflexion devant l'exclusion du monde, je rendais hommage aux reflets venus d'ailleurs.

À la fois moine, froussard, ermite, ascète, pleutre, sage et cénobite, je laissais la vie me filer entre les doigts sans la moindre rancœur.

Par contre, j'aurai gardé une imagination fertile et la capacité de m'émerveiller jusqu'à la fin. Qu'un turgescent pétrolier sale, défraîchi et lesté comme un maringouin repu escaladât le fleuve, j'imaginais qu'il s'agissait d'un bateau de commerce romain, d'un galion espagnol, d'un sloop hollandais, d'un drakkar normand, d'une galère marchande égyptienne ou d'une caravelle portugaise... et je voguais.

Je n'aurai quitté le village qu'en de rares occasions; si rares que je pourrais les compter sur les doigts d'une main.

Je n'aurai jamais vraiment voyagé, c'est indiscutable, mais je suis tout de même allé à la grande ville.

Un seul soir, une seule nuit.

C'était il y a de cela huit ans. En ces temps déjà anciens, il y avait un homme qui comptait beaucoup dans ma vie. Âgé d'une soixantaine d'années, il était livreur de gâteaux pour un important fournisseur de l'épicerie.

Le livreur venait tous les jeudis matin, ponctuel comme un cartel ancien. Il faisait l'inventaire des gourmandises invendues, facturait le patron et remplissait de nouveau les tablettes de gâteaux.

Cet homme était d'une gentillesse extrême. Un homme simple, amusant, souvent grivois, qui ne perdait jamais une occasion de complimenter les caissières. Tel un esthète contemplatif, il s'enthousiasmait devant un joli teint, un maquillage réussi, une coiffure originale ou un sourire dévastateur. Il amusait les étalagistes et les responsables des différents rayons de l'épicerie par des commentaires qui, même s'ils étaient improvisés, étaient toujours très drôles.

Le livreur m'adorait. Je crois pouvoir dire qu'il m'avait presque adopté comme un fils spirituel. Il ne se gênait d'ailleurs pas pour le dire aux autres, qui croyaient qu'il se moquait de moi sous ses airs de clown délirant.

« Y'a l'air de rien, le Monsieur Reposant… Mais je vous le dis, moi… Il sait vivre, ce petit-là… Il sait vivre… Un jour, on va tous être fiers de lui… Hein, pas vrai, mon gars ? »

Les autres réagissaient peu ou prou à ces attentions.

Qu'à cela ne tienne. Moi, elles me touchaient profondément.

Souvent, lorsque nous étions seuls, pendant ma pause café, le livreur me confiait des secrets. Sur sa vie passée, présente… sur ses ambitions.

Nous discutions d'homme à homme, d'égal à égal.

C'était le plus magnifique cadeau qu'il pût m'offrir ; avec lui, *c'était naturel*. Souvent, il me demandait de parler de moi. Cela me rendait mal à l'aise. Il voulait tout savoir. Il me posait les questions les plus embarrassantes. Je semblais l'amuser, mais pas pour ces raisons qui amusaient généralement les autres. Il fut le premier homme qui me demanda de tout raconter.

Aujourd'hui, le négociateur de la police fut le second.

« Et les femmes ? » me demanda un jour le livreur.

Pour toute réponse, j'eus un haussement d'épaules résigné et significatif. Il tira une longue touche sur sa cigarette et me regarda dans les yeux.

« Dis-moi, Monsieur Reposant, tu n'as jamais vu une femme de ta vie, n'est-ce pas ?

— Mais bien sûr que j'ai déjà vu *une femme*… J'en ai vu des centaines…

— Non, ce n'est pas ce que je voulais dire. As-tu déjà vu une femme… nue ?

— Toute nue ?

— C'est ça, oui, toute nue.

— Oui. Oui, assez souvent même… À la télévision, sur les calendriers, dans les magazines… J'ai même un cahier dans lequel je colle des photographies de femmes… Et certaines d'entre elles sont toutes nues…

« — Quel âge as-tu, déjà ?

— Trente-quatre.

— Mon pauvre vieux. »

Deux mois plus tard, le livreur de gâteaux se présenta à l'épicerie en fin de journée. Les caissières étaient surprises de le voir porter complet et cravate, au lieu de son uniforme de travail habituel.

Il demanda alors à me parler ; il était venu à l'épicerie pour me voir.

« Monsieur Reposant, tu viens avec moi. Ce soir, je t'emmène en ville, me dit-il, un sourire complice aux lèvres.

— Mais... Je ne suis jamais allé à la grande ville, fis-je.

— Ne discute pas, mon vieux. Tu viens avec moi... un point, c'est tout. Ce soir, c'est ta fête ! »

Il était convaincant. Tout allait très vite. On ne m'avait jamais invité nulle part. Je pris la décision rapidement et grimpai dans son camion.

« Tu ne le regretteras pas, mon gars... c'est moi qui te le jure ! »

Nous fîmes un saut chez moi le temps que je change de vêtements. Je lui demandai de rester dans le camion. Il sourit en acquiesçant à ma requête.

« Tout ce que tu voudras, mon vieux... Tout ce que tu voudras... »

Je revins, paré de mes plus beaux habits.

Nous étions partis.

Il roulait vite.

Transfiguré par les événements, je fixais la route sans dire un mot. Nous roulâmes longtemps avant d'apercevoir le pont et les premières lueurs de la modernité. Je tremblais de tous mes gestes, de tous mes membres. Mes mains étaient moites. Devant, au loin, c'était elle… *la grande ville*. Je la reconnaissais, pour l'avoir souvent vue à la télévision. Mais cette fois, elle était là… et nous roulions à sa rencontre.

« C'est beau…» fis-je simplement, les yeux embués.

« C'est grand…» lançai-je encore, lorsque nous fûmes sur le pont.

Le livreur se contentait de sourire. Il semblait se concentrer sur la route et sur les autres voitures ; je crois me souvenir qu'il y en avait beaucoup.

Je regardais la grande ville comme un rat de laboratoire observe la seringue qui s'enfoncera dans son flanc.

Le livreur m'emmena dans un petit restaurant agréable. Je commandai une poutine et une boisson ; il demanda la même chose.

Nous mangeâmes rapidement. Je ne me souviens que du regard de la serveuse, braqué sur moi comme une arme à blanc.

Nous nous arrêtâmes ensuite à l'usine de gâteaux. J'eus droit à une visite guidée. Manipulés par des hommes aux regards éteints qui ne pouvaient se permettre le luxe de se retourner sur notre passage, les robots de la compagnie s'esquintaient à une vitesse ahurissante.

Je n'avais jamais vu autant de nourriture.

«Mais qui mangera tous ces gâteaux? demandai-je au livreur.

— Tout le monde mange, Monsieur Reposant. Tout le monde. Tu devrais le savoir!

— Oui, bien sûr, mais il y en a tellement…

— Tu en veux un?

— D'accord.

— Tiens… Mais garde un peu de place pour le dessert, mon vieux!»

Sur le coup, je ne compris pas ce qu'il avait voulu dire.

Nous quittâmes l'usine vers huit heures pour aller chez lui. Le livreur habitait seul, dans un modeste appartement, au troisième étage d'un vieil édifice situé dans l'Est de la grande ville.

«Installe-toi, mon gars, pendant que je vais nous chercher quelque chose à boire.»

Dans le salon du livreur, je fus d'abord frappé par une absence : l'absence d'objets.

Le décor était dénudé, presque stérile. Il y avait bien là deux ou trois fauteuils, un vieux pouf usé, un ample canapé capitonné qui semblait confortable, une armoire, une table à café, un cendrier, un téléviseur… mais les objets ?

Où étaient ses souvenirs ?

Il n'y avait là qu'un tableau représentant une nature morte, suspendu au-dessus du canapé, ainsi que quelques rares objets purement utilitaires répandus sur le dessus de l'armoire.

Sous l'éclairage tamisé de la pièce, je m'approchai de l'armoire vitrée et inspectai sa corniche : une paire de ciseaux de barbier, une boîte de cigares cubains, une pochette d'allumettes, un stylo et la photographie encadrée d'une jeune femme.

« C'est ma fille, Monsieur Reposant. »

Le livreur revenait avec une bouteille de mousseux et deux verres en plastique.

« Beau brin de femme, hein ?

— Oui, elle est très jolie », fis-je en m'éloignant de l'armoire et en m'installant sur le sofa.

Le bouchon s'envola. Du col de la bouteille, il rebondit au plafond avant de retomber sans bruit sur la moquette.

« Ma fille, c'est ma plus grande fierté, mon gars. C'est ce que j'ai fait de mieux dans ma vie. »

Il me servit un verre de mousseux que j'acceptai avec plaisir. Je ne bois pas souvent, mais j'aime bien l'alcool. C'est… « dangereusement bon », comme disait une des caissières de l'épicerie.

Le livreur de gâteaux me raconta l'histoire de son divorce. Ce qui semblait l'avoir marqué le plus, dans cet épisode déplaisant, c'était la tristesse qu'il avait éprouvée de devoir quitter sa fille, qui disparut en même temps que sa femme.

« Ce n'était encore qu'une gamine, à l'époque… qu'une gamine. »

Mon hôte buvait beaucoup ; je venais à peine de terminer mon premier verre de mousseux qu'il entamait déjà une deuxième bouteille. Il parlait, parlait, parlait sans cesse.

« Tu sais, mon gars, le travail a bien changé, en trente ans… Avec ces maudits ordinateurs, maintenant… Tu devrais voir le bureau… La vraie misère… Avant, il était plein de secrétaires rayonnantes et pétantes de vie… Maintenant, elles sont toutes à la rue… À la porte… Dans mon service, elles ont été remplacées par un blanc-bec prétentieux bourré de diplômes qui gère toutes les commandes avec sa maudite machine… »

Il devait être dix heures lorsqu'on cogna à la porte de l'appartement.

Trois coups.

« On a de la visite, mon gars !

— C'est qui ? fis-je.

— Nos petites amies…, répondit-il bêtement.

— Je n'ai pas de petites amies, rétorquai-je.

— Le dessert, alors… » ajouta-t-il.

Je le regardai avec le désespoir du fond des limbes ; il sut lire ma détresse.

« Ça va bien se passer, mon gars… Ne t'en fais pas. »

Le livreur fit entrer deux grandes jeunes femmes qui paraissaient un peu distraites. L'une était rousse et bouclée, l'autre avait de longs cheveux d'un noir de jais. Elles étaient toutes deux magnifiques.

Lorsqu'elles m'aperçurent, cloué sur le sofa, rivé à ma potence, elles eurent, c'est probable, maille à partir avec l'aspect de leur second client. Mais elles se retinrent et se comportèrent en véritables professionnelles.

Le livreur leur offrit un verre de mousseux. Elles prirent place, l'une cérémonieuse dans un fauteuil, l'autre par terre, les jambes en tailleur.

Le livreur, au point limite entre la nonchalance et l'ébriété, prenait un grand plaisir à bavarder avec les jeunes femmes.

« Saprée de belle soirée, n'est-ce pas, les filles ? »

Il disait tout ce qui lui passait par la tête. Les jeunes femmes, souriantes, fumaient comme des locomotives en l'écoutant raconter des balivernes.

Moi, je ne disais rien.

Je ne bougeais pas, ne fumais pas, ne souriais pas.

Seul au monde sur le grand sofa, j'étais figé comme un pharaon embaumé depuis des millénaires.

Le mousseux coulait, coulait, et les esprits devenaient délirants. Parfois, le livreur s'adressait à moi, pour vérifier mon état, ou encore pour lancer une autre de ses plaisanteries.

« Est-ce que tu connais l'histoire du vieux qui passait aux douanes avec trois bouteilles de cognac de trop dans sa voiture, mon gars ?

— Non... »

Les filles se bidonnaient.

Je fondais comme le regret sous un ciel azuré.

Je n'écoutais plus, ne respirais plus.

Comme la tige d'un métronome mécanique, mon cou se balançait. Mon regard se transportait de gauche à droite, d'une fille à l'autre, d'un mouvement machinal.

Je me souviens de la phrase qu'il a prononcée ; cette question à laquelle je n'ai pu répondre.

Elle était brève, claire et directe.

Je n'avais jamais pu regarder une seule femme dans les yeux pendant plus d'une seconde et le livreur de gâteaux me demandait, le plus sérieusement du monde : « Alors, mon gars... laquelle tu choisis ? »

J'ai oublié ma réaction ; depuis, mon cerveau a omis de me la rappeler. Je n'y voyais plus rien ; esseulé, inconsolé, je sombrai dans un trou noir.

Lorsque j'y repense aujourd'hui, je crois que le livreur répétait ces simples mots : « Allons, mon gars... Ne sois pas timide... Fais ton choix... »

L'épisode tragique a sûrement duré plus d'une minute. Mais je ne saurais le dire avec précision ; j'étais littéralement porté disparu.

Le souvenir de cette soirée me revient avec la douce sonorité presque enfantine d'une voix veloutée, tendre mais résolue : « Eh bien, puisque personne ne semble vouloir décider quoi que ce soit, ici, moi je déciderai ! »

J'ouvris les yeux.

« Puisque quelqu'un doit décider un jour ou l'autre, je décide donc… Moi, c'est toi que je veux. »

La jeune femme aux longs cheveux d'un noir de jais, sourire frondeur aux lèvres, me désignait de l'index. Son regard pétillait d'une complicité que le livreur envia.

Dans la chambre d'amis du livreur de gâteaux, il n'y avait qu'un lit en métal minuscule, une table de chevet rococo, une lampe de table laurée d'un abat-jour violet, un autre cendrier, une chaise berçante peinte d'un gris déprimant… et une fenêtre.

La jeune femme déposa son sac sur la table de chevet, s'approcha de la fenêtre et regarda un moment dans la ruelle. Pendant que je refermais la porte, mirador de ma confusion, elle tira les rideaux croisés. C'est en se débarrassant de ses escarpins qu'elle rompit le silence, qui tentait déjà de s'installer dans la pièce exiguë.

« L'éclairage est sinistre, tu ne trouves pas ? »

Elle venait de se retourner et s'approchait lentement de moi.

Elle était majestueuse. J'étais intimidé.

Elle portait un chemisier d'une opacité diluvienne, ainsi qu'une minijupe noire froncée à la taille. Une jupe étrange. D'une ampleur anormale pour ce genre de vêtement… quelque part entre la ballerine et la courtisane. Elle s'approchait toujours. Moi, je reculais. Bientôt coincé dans l'angle de la chambrette, je me laissai tomber à la renverse dans la berçante.

La chaise ne sembla pas apprécier ; elle émit un craquement.

Avec des mouvements félins, la jeune femme retira son chemisier, dévoilant un soutien-gorge si petit, si ténu que j'en fus étonné. Je n'étais pas habitué à ce genre de poitrine. Au cinéma, sur les calendriers et dans les magazines, les poitrines ne sont jamais aussi... chétives. À travers le tissu lustré, qui brillait sous l'éclairage théâtral de la lampe de chevet, ses seins semblaient si délicats... comme ceux d'une petite fille.

Elle était à moins d'un mètre lorsque je la priai de s'installer sur le lit : « S'il vous plaît, mademoiselle, je voudrais parler avec vous.

— Tu es vraiment un grand timide, toi.

— Peut-être, je ne sais pas.

— À moins que tu ne sois le pire des pervers... ce qui est aussi possible !

— Pervers ? Ça m'étonnerait. Je ne suis même pas certain de savoir ce que ça veut dire. »

Elle rigola.

« Très bien, alors. Je m'installe sur le lit. Et toi, tu vas rester là... dans ton coin ?

— Oui. »

Elle s'alluma une cigarette et s'assit sur le lit comme elle l'avait fait sur la moquette du salon : en tailleur. La chaise où j'avais pris place semblait se mouvoir au gré d'une volonté indépendante de la mienne.

«Je ne veux pas te manger, tu sais» dit-elle.

Assise sur le lit comme une jouvencelle, lascive et pourtant détendue, elle m'observait… on eût dit avec tendresse.

Elle tendit le cou vers l'avant, avant d'ajouter : «Je ne veux pas te manger… à moins que ce ne soit ce que tu désires, bien entendu !

— Je ne sais pas ce que je veux, mademoiselle…»

Effarouché, je la dévisageais nerveusement, d'un regard évasif.

Les traits de son visage étaient d'une grande pureté ; l'image qui me parvenait évoquait celle d'une figurine de porcelaine.

«Tu veux que je te dise…

— Quoi ?

— Je sais, c'est bête… mais, depuis tout à l'heure, je te regarde te bercer comme un vieillard… et tu me fais penser à un enfant. Oh, bien sûr, je vois bien que tu es un homme, mais j'ai l'impression d'avoir un gamin devant moi.»

Cristalline et vaporeuse, sa voix éveillait en moi des images fabuleuses.

«Quel est ton nom, gamin ?

— Monsieur Reposant, fis-je.

— Monsieur Reposant ? C'est joli. Mais ce n'est pas un nom, ça…

— C'est le seul que j'ai, mademoiselle…

— Sûr ?

— Certain.

— Eh bien moi, je l'aime, ton nom. Reposant… ça te va bien.»

Un des murs de la chambre se mit à trembler, comme si on le frappait violemment avec une barre à clous.

« Ton copain est moins timide que toi… Tu entends ? Ils baisent. »

Son regard était à la fois persifleur et très doux. Il crépitait d'un respect radical. Sans le vouloir, ses grands yeux moqueurs, d'un gris translucide, me renvoyaient ma propre laideur en plein visage.

La cacophonie de la chambre voisine devenait envahissante ; on ne s'entendait plus respirer. Maladroit, je lui déclarai subitement : « Vous êtes si jolie, mademoiselle. »

Elle répliqua tout de go.

« Toi aussi tu es joli, Reposant. »

L'intensité de sa riposte fut troublante. Je braquai mon regard sur le sien ; aucun doute, cette femme était sincère.

Nous restâmes ainsi, elle sur le lit en métal, moi dans la chaise berçante, pendant tout le temps que dura le concert irrévérencieux. La tête de lit du livreur frappait contre le mur de plus en plus vite, de plus en plus fort. Les gémissements du livreur étaient tantôt rauques et sauvages, tantôt placides. Après plusieurs minutes d'un crescendo incessant, il parvint finalement à étancher sa chair.

Précédé d'une minute de silence, le bruit que faisait la jeune femme rousse en se levant, préparant déjà sa fuite, nous parvint comme un signal, un prélude à la volte-face de notre propre situation.

Bientôt, la porte de l'autre chambre s'ouvrit, puis se referma. La rousse glissait sur le parquet en mosaïque ; elle se dirigeait vers nous.

Elle frappa à notre porte.

Trois coups espacés et insistants.

D'un mouvement de taille, la jeune femme aux longs cheveux d'un noir de jais se tourna vers la porte qui s'entrouvrait et dit avec désinvolture : « Qu'est-ce que tu veux ?

— Je m'en vais. Tu veux que je te reconduise chez toi ? »

Elle ne percevait de notre monde temporaire que la jeune femme aux cheveux noirs, seule sur le lit.

Victime de sa curiosité, la rousse passa la tête à l'intérieur de la chambre comme une autruche inquiète. Elle m'aperçut, affalé sur la chaise tel un neurasthénique, et ne put réprimer sa surprise : « Mais qu'est-ce que vous foutez, au juste, vous deux ? lança-t-elle.

— Très simple, ma chère. Moi, je fume et lui, il se berce !

— On m'avait prévenue que tu étais une spéciale, aussi. Tu veux que je t'attende un peu ? Je peux fumer une cigarette, si tu veux.

— C'est gentil, mais je reste.

— Ah bon ? Eh bien, bonne fin de nuit à vous deux, car moi, je file… on m'attend.

— Moi, on ne m'attendra jamais, ma chère… c'est encore mieux ! »

La rousse ne broncha pas. Elle se contenta de déposer une liasse de billets chiffonnés sur la table de chevet.

« Tiens, c'est pour toi. Il a payé pour les deux. »

Elle s'apprêtait à disparaître lorsque je lui demandai, un brin d'anxiété dans la voix : « Où est mon copain ?

— Il dort comme un petit-salé, ton copain. »

Tel un saltimbanque orphelin, je grelottais d'effroi. La jeune femme rousse s'était effacée. Le livreur de gâteaux dormait comme un chérubin.

Le silence — le vaste silence de ma fuite éperdue vers l'avant — devenait lourd et partisan.

Nous étions seuls.

« Viens ici. »

Avec le courage d'un mercenaire blessé, je m'étais levé de la chaise afin de me rendre docilement jusqu'au petit lit. Les ressorts épuisés du sommier grincèrent au moment où, m'assoyant sur le matelas, je me retrouvai devant elle.

« Pourquoi restez-vous avec moi ? lui demandai-je alors.

— Parce que j'en ai envie », répondit-elle aussitôt.

Je cherchais à comprendre ce qui l'avait incitée à me choisir, dans le salon. Je voulais connaître la raison qui la poussait à me tenir ce discours insouciant et libérateur.

J'insistai.

« Mais… pourquoi ? Pourquoi restez-vous avec moi ? Pourquoi ici, pourquoi moi, mademoiselle ? »

S'impatientant soudain, elle leva les yeux au ciel comme une madone. À la lueur de la lampe, j'entrevis ses pommettes qui rougissaient. Fixant toujours un point x au plafond de la chambre, elle s'emporta comme le ferait une espiègle contrariée : «Écoute-moi bien, *Messire Reposant*. MOI, je reste ici jusqu'à l'aube. Après, je partirai. Tu peux partir, si tu veux! Je ne te retiens pas! Mais si tu restes, je te préviens… je T'INTERDIS de me VOUVOYER! Je n'en peux plus de ces *vous, vous, vous*… de ces *mademoiselle, mademoiselle, mademoiselle*! C'est compris?»

Son regard revint vers moi, frisquet d'une douce colère… ensorcelant et onctueux.

«Je suis incapable de vous tutoyer, mademoiselle…» fis-je en serrant les poings.

À la fois amusée et découragée par la constance de mon malaise, elle ajouta : «Écoute, tu ne peux pas passer toute la nuit à me traiter comme une statue dans un musée! Sois raisonnable. Moi, je fais ma part. Regarde… je suis devant un inconnu et je ne porte qu'une jupette et une brassière. Fais un effort… je vais fondre, moi!

— Je suis désolé.

— Je ne te demande que de me tutoyer et de me sourire un peu, après tout…

— Oui, je comprends.»

Elle hésita à peine avant d'ajouter : «Est-ce que ça te faciliterait la tâche si je te disais mon prénom?

— Oui, peut-être, fis-je.

— Je m'appelle Gloire.»

Gloire? Oui, c'était possible. Ses lèvres venaient de fredonner une mélodie connue.

«*Gloire… Gloire… Gloire…*» répétai-je intérieurement, comme s'il s'agissait d'un mantra.

Je n'avais jamais entendu une signature vocale aussi jolie. Je méditais sur la sonorité suave de ce prénom nouveau et insolite lorsqu'elle me ramena sur terre : «Qu'est-ce qu'il y a? Il ne te plaît pas, mon prénom?

— Si.

— Alors?

— Alors… je suis très content que *tu* sois restée ici, Gloire.

— Finalement! Mais vous avez réussi, Messire!»

Elle frappait doucement dans ses mains, m'applaudissant d'un battement à peine audible.

«Gloire? murmurai-je alors avec délicatesse.

— Vouiiiiiiiiiii? fit-elle en tendant l'oreille.

— Pourquoi es-tu restée ici, avec moi, au lieu de partir?

— Mais… pour tes beaux yeux, abruti!»

Minuit venait de sonner; la glace était rompue.

La glace était rompue mais, en moi, un froid fondamental persistait — à un niveau inférieur.

Les présentations étaient faites, mais les enjeux reposaient toujours sur l'édredon.

Nous étions face à face, nimbés d'une lueur blafarde.

Nous avions plaisanté, mais les blagues ne durent pas ; elles s'envolent dès le retour du tourment scrupuleux.

Drogué par la vivacité de cette femme mirifique, ma crainte d'un exil éternel en plein cœur de mes veines s'estompait. Mais mon corps, ce corps lacéré par la honte d'être vivant, ne suivait pas mes progrès à la lettre ; trop bien élevé, il voulait s'enfuir.

Détaler. Déguerpir.

Suivre la promesse offerte par le néant : ne jamais rien troubler de l'euphorie permanente.

Mon corps désarticulé pouvait bien s'enfuir ; moi, je resterais devant elle.

Et je dirais tout.

Gloire inclina le haut de son corps filiforme vers l'avant, puis déposa doucement la paume de ses mains sur le matelas, tout juste devant mes jambes repliées. Ses bras formaient un triangle isocèle sur lequel elle s'appuya.

Sous la pression exercée par son corps sur le triangle de ses bras, ses seins se gorgèrent d'une concupiscence enjouée ; au centre de la forme géométrique apparut un buste exotique.

Yeux fermés, narines vibrantes, elle immobilisa son visage à quelques centimètres du mien, aiguisant ses pupilles sur le revers de ses paupières. Des mèches de cheveux couvaient de leur effervescence rebelle la peau soyeuse d'une de ses joues.

Elle était d'une beauté impérieuse.

« Tu es sublime, Gloire… » fis-je, intoxiqué.

Elle ouvrit les yeux.

« Je ne suis pas sublime… je suis une petite pute.

— Non, ce n'est pas vrai.

— Oh que si.

— Si je te donnais tout l'argent que j'ai à la banque et que je te demandais de partir tout de suite, est-ce que tu le ferais ?

— Pas nécessairement, non.

— Non ?

— Non.

— Alors tu n'es pas une petite pute. »

Elle eut un sourire fugace, reprit sa position d'origine et s'alluma une autre cigarette.

« Tu veux savoir ce que je faisais dans la vie, avant de faire la pute ?

— Je veux tout savoir. »

« J'ai travaillé, moi aussi, Reposant. Comme tout le monde. Pendant plusieurs années. Je travaillais dans un abattoir... un abattoir de poulets.

« Dans le village d'où je viens, ou on est riche, ou on travaille à l'abattoir, ou on s'en va. Il n'y a pas d'autre possibilité.

« J'ai commencé à travailler à l'abattoir par un été particulièrement chaud et humide. J'allais à l'école, en ce temps-là... ce n'était qu'un travail d'été. Je devais avoir quatorze ans, je crois. C'était à l'époque où j'habitais encore chez mes parents. Mon père, un homme foncièrement bon, m'a beaucoup donné, mais toujours avec une distance difficile à supporter. Quant à ma mère, Reposant, je ne veux pas en parler.

« Tous les matins, je quittais la maison sur ma bicyclette rouge, bottes de caoutchouc blanches aux pieds. J'aimais beaucoup ma bicyclette rouge. Elle représentait ce que j'avais de plus précieux : un minimum de liberté. Chaque matin, je la déposais délicatement contre un piquet de la clôture du stationnement, qui était immense et bourré de voitures.

« Il y avait deux endroits où on pouvait besogner, à l'abattoir : le 2.22 et... la chaîne. Le 2.22 était considéré comme un paradis. On y entreposait les poulets. C'était là également qu'on les découpait, là aussi qu'on les arrangeait et les emballait pour la vente. Les gens ne parlaient presque pas au 2.22. Ils faisaient leur besogne en silence.

« Mais moi, mon vieux, je travaillais sur la chaîne... au

centre de l'enfer. Je faisais partie de ce chapelet humain qui envoyait les poulets à la mort. J'étais une *échicoteuse*. Vêtue d'un tablier en plastique qu'un superviseur apathique arrosait d'eau toutes les heures, je faisais ce qu'on me demandait avec dégoût, mais sans rechigner. Tu sais ce que ça veut dire être une échicoteuse, Reposant?

— Non...» répondis-je, la fixant d'un regard globuleux.

«Eh bien, je vais te le dire. Avec mes mains, j'arrachais les plumes que les machines n'avaient pas réussi à enlever sur le dos des carcasses.

«Les poulets arrivaient à ma hauteur un à un, à une vitesse folle, déjà morts, la tête tranchée, accrochés par les pattes à un rail sans fin. Leur sang dégoulinait dans un daleau en acier inoxydable. À la fin de la journée, le daleau débordait de plumes blanches souillées.

«Voilà ce que je faisais, avant, Reposant. J'arrachais des plumes sur des dépouilles de volailles... du matin au soir. Lorsque je rentrais à la maison, après la journée, je sentais le gras, le sang de poulet. Une odeur immonde... abjecte. Et cette odeur, je l'ai endurée pendant des années.

«Après une journée barbare à l'abattoir, je rentrais chez moi et sautais sous la douche. Le soir, avant de m'endormir, j'entendais très clairement le grincement de la chaîne. Les yeux clos, je voyais les cadavres de poulets passer machinalement au-dessus de ma tête. Et chaque nuit, je faisais le même rêve.

«Dans ce rêve, cinq petites filles tournaient en rond dans ma tête. Elles riaient et chantaient inlassablement une ritournelle. Toujours la même. Elles chantaient en me montrant du doigt, en se moquant de moi et de mon odeur nauséabonde. Et cette chanson obsédante, qu'elles chantaient... elle me glaçait d'horreur.

93

« *Cinq petits poulets… S'amusaient gaiement… Un s'est envolé et il n'en reste que quatre… Petit poulet, petit poulet si gentil… Petit poulet, petit poulet est parti… Quatre petits poulets… S'amusaient gaiement… Un s'est envolé et il n'en reste que trois… Petit poulet, petit poulet si gentil… Petit poulet, petit poulet est parti… Trois petits poulets…*

« J'ai quitté mes parents l'été suivant et je me suis installée dans un petit appartement, avec un homme. Ce sombre imbécile était un ivrogne qui travaillait à l'abattoir. Il était exactement l'inverse de mon père ; il ne s'intéressait qu'à mon cul, qu'à mes fesses, qu'au contact brutal, chair contre chair… et pas au reste.

« J'ai travaillé à l'abattoir pendant quatre ans, avant d'abandonner ogre et usine à eux-mêmes et de venir habiter en ville.

« Voilà pourquoi je suis devenue une petite pute : pour quitter ce supplice. Pour aimer avec détachement, comme mon père m'a aimée. Pour emprunter aux autres ce que je n'ai jamais reçu… et surtout, surtout, pour oublier.

« Tout oublier.

« Tu sais, Reposant, je les entends encore aujourd'hui, les petites filles. Elles tournoient dans mes rêves avec malice… chaque fois que je m'endors. »

Elle m'avait pris entre ses bras. Non par amertume envers son passé ou en guise d'aumône consentie à un client, mais plutôt pour que nous éprouvions, m'avait-elle dit avec candeur, «le sentiment de ce que c'est d'être ensemble, toi et moi».

Les yeux fermés, témoin clandestin de ma propre vie, j'imaginais la scène telle qu'elle se présentait, mais vue de l'extérieur.

Dans une chambre étriquée par la grandeur d'un spectacle inouï, une femme extraordinaire, déesse sibylline ne portant que soutien-gorge corbeille, minijupe étrangement ample et paire de bas cuissardes, était assise en tailleur, sur un lit trop étroit. Un homme venait de déposer sa tête sur les plis et replis froissés de sa jupe.

Cet homme était d'une laideur suffocante. Victime d'une malformation congénitale, il était défiguré pour l'éternité. Par contre, cet homme semblait… béat. Recroquevillé comme l'enfant qui vient de naître, il découvrait, dans la présence de cette femme, les zigzags de l'accalmie langoureuse. Elle le prenait entre ses bras infinis. Ses mains fragiles caressaient ses habits.

Lui, il se laissait bercer en silence.

Ses sanglots, s'il en avait, il les retenait, les gardait pour lui.

Comme la page blanche d'un grand livre oublié, la vie autour d'eux ne remuait pas ; elle était probablement inspirée par cette vision embarrassante... mais elle se tenait tranquille.

Sur le lit, entre ses bras, le temps ne s'écoulait plus comme un ouragan coléreux semant la mort sur son passage ; contrairement à ses habitudes, il ronronnait comme un chaton.

« À quoi tu penses ?

— Je pense à toi, Gloire.

— Mais encore ?

— Je pense que demain, tu ne seras plus là... et je me retrouverai seul pour l'éternité.

— Tu penses à demain ou tu penses à moi ? me demanda-t-elle.

— À toi... et à demain.

— Et demain, ça compte beaucoup pour toi ?

— Oui, répondis-je.

— Pourquoi ?

— Parce que c'est tout ce que j'ai.

— Et ce soir, ça ne compte pas, Reposant ?

— Si. »

Du bout de ses doigts raffinés, elle me força à tourner mon visage vers elle en murmurant : « L'éternité n'a jamais existé. »

J'ouvris les yeux.

Elle ajouta, avec une certitude surprenante : « L'éternité n'a jamais existé et, *jusqu'à demain, nous sommes ici pour toujours,* Reposant. »

Ses yeux translucides tournaient à présent dans le vide ;

elle tentait de se convaincre de la validité de cette hypo-
thèse absurde.

« Ne sois pas sotte, Gloire, fis-je avec sérénité.

— *Pour toujours…* jusqu'à demain, alors ! » ajouta-
t-elle en passant ses mains dans mes cheveux.

Peu à peu subjugué par son calme, sa désinvolture et
son humour étonnant, je culbutais progressivement dans
les affres du désir.

NOUS SOMMES ICI POUR TOUJOURS

Sur le plateau de la balance de l'extase, la chambre mi-nable dans laquelle nous étions n'était plus qu'une pous-sière. Naufragés d'un temps nouveau, mes vêtements gi-saient sur la berçante grise... et les tiens jonchaient le sol.

Oreille curieuse et insatiable plaquée contre un sein dé-voilé, j'avais écouté avec félicité les battements de son cœur. Le sang vibrait, coulait dans ses veines comme un fleuve en son lit.

À même la grande ville, en un lieu racorni, j'avais enfin perçu... *les rumeurs de la vie.*

Mes sens étaient émus, tendus, transportés.

Lorsqu'elle respirait, les remous de son souffle — une vague, une brise, un zéphyr — percutaient mon visage par-cheminé.

À la loterie de la liberté, de la justice et de la décence élémentaire, l'écolier bafoué, l'employé modèle, le phéno-mène de cirque que j'étais faisait des progrès : ce soir-là, j'étais devenu... *presque réel.*

Intimité qui nous éloigne de la sueur et de la boue, qui nous plonge dans une sérénité transcendante, qui nous ar-rache à la grisaille des hommes; intimité, c'est en pensant à vous que je verserais dorénavant mes pleurs.

Au printemps dernier, le livreur de gâteaux rendit l'âme, à la suite d'un arrêt cardiaque.

Le viaduc qui nous reliait venait de s'effondrer, Gloire, ma chérie.

Nous serions étrangers… à jamais.

Le livreur était un homme libérateur, comme il en existe peu.

À l'exception de cette soirée cabalistique, nos relations demeurèrent malheureusement superficielles jusqu'à son décès.

Huit ans durant, j'aurai réussi à fonctionner d'après votre seul souvenir.

Huit ans durant, j'aurai fabulé sur une autre rencontre.

Mais la mort du livreur a biffé votre nom du livre des probabilités. Je ne pouvais plus m'imaginer qu'un jour le même scénario se représenterait.

Le livreur avait craqué, Gloire. Il était mort.

Le manège est toujours activé. Les accrocheurs de l'abattoir, prisonniers d'une aliénante farandole, déambulent autour de moi.

Le soleil se couche.

Le turban de coton gaufré que j'ai sur la tête n'a pas encore lâché prise.

Une nappe rouge concentrique, poisseuse et à peine coagulée en rehausse à présent la façade, me donnant l'allure d'un kamikaze fin prêt pour livrer sa dernière bataille.

Je suis coupable d'un crime prémédité ; la manœuvre n'a rien d'un crime passionnel.

Comme la plupart des *actes manqués,* cette prise d'otages aura été un geste mûri, dûment réfléchi.

Ne vous en faites pas, ma chérie, j'ai toujours été conscient de «votre rôle». J'ai conservé en mémoire notre accord comme on garde en secret un trésor abîmé.

Gloire, ma perle, mon ange, mon exutoire, avant de quitter le village, avant de me résoudre à tout perdre, à tout abandonner, j'ai savamment analysé les options encore à ma disposition : passer le restant de mes jours à fabuler sur la nuit que nous avions traversée ensemble ; me perdre dans des souvenirs qui, au fil des mois, des années, me pousseraient vers un désespoir lacrymal ; tenter de vous oublier ; continuer à me mentir ; renier ce pour quoi je respirais.

Une autre perspective, plus utopique encore, me proposait aussi son increvable finalité : me reconstruire une vie de laquelle vous auriez été totalement absente.

Mon état de santé se détériore. Une fatigue insidieuse se rapproche. Les oscillations frémissantes de la chaîne, des otages et de leurs crochets confèrent au spectacle un caractère étrange, presque surnaturel.

La pharmacienne, la fleuriste, la petite blonde de l'épicerie ou la pâtissière de la boulangerie, autant de femmes dont j'aurais tant aimé humer le parfum… avant de vous rencontrer.

Je chavire, mais remonte à la surface.

Au téléphone, on m'assure que tout se passera bien si je relâche les otages et me rends à la police.

« Non », fis-je avec fermeté.

On me demande de libérer un deuxième otage.

Même verdict.

On exige de parler à un accrocheur.

« D'accord… » dis-je en tendant le combiné au chauve bedonnant.

Grâce à la force de persuasion du vieux fusil, il rassure les autorités.

« Tout est ben, ben correct, ici… » leur affirme-t-il de sa voix la plus doucereuse.

Pourtant, je titube. Aussitôt la communication coupée, mon esprit trébuche. Abandon, dépit, sueur. Le délire me rejoint peu à peu. Désormais, mon esprit fonctionnera grâce à sa réserve, avec l'énergie des forces restantes.

Gloire, mon argile, mon arène, pendant que j'épongeais votre front, que je caressais vos cheveux, pendant que vous vous reposiez malgré vous, sur un lit trop étroit, trop étroit pour quiconque, sur un lit trop fragile pour subir ma colère, ma tristesse, mon épuisement, pendant ce temps je vous observais et concluais que vous étiez celle qui aurait pu me faire sortir du mensonge. De mon mensonge, de ce faux-semblant que je cultivais sans réserve depuis mes premiers pas.

Vous. C'était vous.

Celle qui aurait pu m'extirper de cet hospice inaltérable, de cette doublure caractérielle sur laquelle je m'appuyais depuis mon plus bas âge. Celle qui aurait pu me faire accepter tout ce que j'avais refusé jusqu'alors... ce que je répudierais pour toujours.

À cinq ans, Gloire, lorsque je pris conscience que je serais seul, seul devant la vie, devant toute la vie, dépossédé malgré moi de ce qui rend les autres — ceux-là, ceux que vous connaissez si bien — si austères face aux véritables enjeux, alors je décidai de jouer ce jeu. Un jeu fatidique. Pour ceux qui, de famille d'accueil en famille d'accueil, insisteraient pour que je tente de devenir presque comme eux, insisteraient pour que je tourne en rond des après-midi entiers sur le lac gelé, pour ceux-là je resterais Reposant, celui qui afficherait la couleur trouble.

Reposant l'ahuri, l'effaré, le coussin du ciel.

Celui qui se balancerait à l'aveuglette jusqu'à la mort.

Le maelström génétique qui serait expliqué aux voisins en quelques syllabes.

Reposant, la simplicité incarnée : un oui perpétuel.

Reposant la victime. Trop sensible, trop enthousiaste, trop honnête, trop enclin à dire oui devant les barreaux. Les barreaux de son, de votre, de leur époque.

La mémoire est une denrée rare.

Plutôt la constance. Plutôt le souvenir néolithique d'un parcours abstrait.

Certes, j'en conviens de bonne grâce, j'aurais pu réagir autrement. Mais comment retenir ceux-là, ceux que vous connaissez si bien ? Et surtout pourquoi ? Pourquoi s'inscrire en faux ?

Avec une certaine fierté, j'ai toujours dit oui, Gloire, ma tempête, et je ne crois pas que vous serez celle qui me le reprochera. Car le non de votre vie et le oui de la mienne : même enjeu.

Depuis le début et jusqu'à la fin, nous avons parlé et parlerons le même dialecte. Un dialecte sans appel. La langue de ceux qui combattent l'éphémère. Le jargon de ceux qui ont refusé et refuseront catégoriquement de prendre quoi que ce soit au sérieux.

Jusqu'à en cesser de rire.

La révolte est un luxe auquel je n'aurais jamais cru devoir me soumettre.

Un nombre incalculable de secondes à réinventer votre corps.

Des milliers de journées à pleurer votre absence.

Pour survivre en société — pour rassurer les autres, mais aussi pour m'apaiser moi-même — j'avais feint, chaque jour davantage, un bien-être relatif. Mais je souffrais, ma chérie... et ma souffrance était d'or.

La plupart du temps, c'était lorsque leur vie ou celle de leurs proches semblaient «friser le désastre» qu'ils s'adressaient à moi.

Soulager leur mémoire; pour eux, je représentais une forme d'encouragement.

Je ne pouvais pas les décevoir.

Je devais les entendre.

De par le monde, chacun a ses histoires d'horreur. Les gens connaissent celles qui, éphémères, défilent à la télévision, celles qui les touchent de près, celles de leurs amis, de leurs connaissances et, enfin, celles qu'ils ou elles désirent connaître. Mais moi, j'ai l'impression de les connaître toutes. Comme si j'étais un aimant qui attirait ce genre d'histoires. Lorsque les gens se voyaient dans l'obligation de me parler, lorsqu'ils se trouvaient seuls avec moi au-dessus du coffre de leur voiture, c'est comme s'ils se sentaient contraints à me faire le complice de leurs frissons.

Voilà pourquoi, mon amour, je vous imagine en cet instant.

Voilà pourquoi je vous parle en silence en reniflant votre bâton de rouge à lèvres... avant de m'autorayer de la carte de leurs enjeux.

Rouge.
Tout oublier, mis à part cette odeur.

Au loin, ce soir, pendant que vous rêvez sans doute de landes imaginaires, pendant que je suis absent de cet arcane divin dont vous seule possédez les secrets, alors qu'il est devenu purement inconcevable que je puisse une fois encore vous regarder dormir, vous caresser ou vous entendre roucouler dans votre sommeil comme un chaton nomade, pendant ce temps, détruit, avalé, je suis retranché dans le nirvana d'un monde moniste, celui de votre seul souvenir, de votre unique empreinte, celle de l'odeur de vos lèvres.

Oui, contre toute attente, après tout ce temps, cette empreinte réussit encore à me faire sourire.

Elle est là. À mes côtés.

Son appel impétueux résonne en moi telle une chapelle m'invitant à la rejoindre.

Elle est là, cette empreinte, givrée de bruine.

Je la renifle.

Sa lumière vaporeuse déchire le temps.

À l'origine, cette métaphore fleurie, cette falaise escarpée me coupait le souffle. Ses sentiers sinueux me défiaient, poussaient jusqu'aux limites de la raison mes capacités physiques d'ancien combattant de l'injustice et de la déraison.

Mais je persistais, m'acharnais à fouler ses sentiers cinglants et sinueux. Je ne savais que faire de ses attraits discrets et de l'ivresse qu'elle suggère. Je me contentais simplement d'escalader l'impossible.

Tous les muscles de mon âme refusaient ce périple inutile. Ils contestaient ces ascensions grotesques ne menant nulle part, sinon à la case zéro.

La sueur suintait de chacun des pores de ma peau.

Ma respiration devenait imperceptible, haletante et clairsemée.

Les premières randonnées ne virent pas l'étendue du territoire. Je ne me rendis jamais au belvédère surplombant la majesté d'un déluge.

Car j'abandonnais.

Bientôt, cependant, trépidant et téméraire, je sautais de roche en roche et ne m'agrippais plus à rien. Oubliant les sentiers centenaires, j'arpentais la forêt de votre arôme. La pureté de votre mémoire me chatouillait jusqu'aux plus basses vertèbres.

Gloire, Vénus opaline, trésor aguichant, empreinte indélébile, sur le versant de votre bâton de rouge, rien ne me presse, ne me juge, ne m'accuse. Ici, toutes les atrocités que j'ai commises ne comptent plus. Car ici, sous la couverture étoilée d'une fragrance fugace, l'intransigeante guillotine de la justice humaine ne pourra jamais me retrouver.

Incident d'emballage.

Bec fêlé, gorge torse, crête coincée entre les volets d'un cageot, le poulet que j'observe à présent n'aura pas survécu au voyage. Un *ramasseur* inexpérimenté de la ferme lui ayant brisé le cou en refermant une cage, l'oiseau n'aura pas rempli son rôle jusqu'au bout.

Comme celui des autres, son destin semblait pourtant clair.

La volaille était rentable.

Résultat du croisement en laboratoire d'un coq géant et d'une pondeuse naine, le rejeton avait reçu les meilleurs attributs de chacun de ses parents.

De son père, un coq charnu et monumental, il avait hérité d'un maximum de développement musculaire.

Sa mère, quant à elle, une pondeuse rachitique, lui avait légué un appétit… raisonnable.

Incubé dans une armoire métallique avec, en guise de chaleur maternelle, de l'air pulsé à quarante degrés, puis jeté sur la paille d'un enclos surchauffé, le poussin industriel avait eu droit à un destin invariable.

Boire, manger, digérer, fienter, dormir, gonfler… et mourir sur la chaîne.

Ébouillantage, plumaison, contrôle vétérinaire, arrachage de la tête, sectionnement des pattes, éviscération, nettoyage, réfrigération, consommation.

Mais *ce* petit poulet aura devancé les rouages.

Gloussant, caquetant à la recherche d'une mère qu'il n'aura jamais connue, il sera mort avant son temps.

Les autres poulets sont bien vivants. Étonnamment silencieux, ils se portent à merveille.

La pile du téléphone cellulaire faiblit.

Le négociateur hausse la voix.

Sa présence devient accessoire.

Sa voix, si flegmatique, se mêle aux parasites d'une communication en voie d'extinction.

«Pas de nouvelles de ta Gloire, mon ami, dit-il.

— Ne faites plus semblant de vous faire du souci pour moi, monsieur, je vous en prie. Elle ne viendra pas et je l'ai toujours su. Ne vous en faites donc plus. Je sortirai bientôt.»

Gloire, ma flamme, mon emportement, je n'aurai vraiment désiré qu'une chose.

Avant de m'envoler vers l'abstraction d'un oubli irrévocable, je n'aurai vraiment désiré que votre bonheur.

Que le vertige de votre euphorie.

C'est ce qui m'a porté. C'est ce qui m'a soutenu.

À cette simple présomption, je relevais la tête, m'éloignais de la trahison, de la défaite.

J'inventais votre présence, sereine ou troublée, sur le divan de ma petite maison et posais la paume de ma main sur votre épaule. Sérieuse ou ludique, je vous imaginais assise au bout de la table, crayon à la main, petites lunettes rectangulaires ancrées sur le bout de votre si joli nez ; et, par la pensée... je caressais votre nuque.

J'ouvre une cage et, du bout des doigts, je saisis un petit poulet. Il vibre, tremble, se débat. Ses ailes amputées chatouillent ma paume. Habitué, conditionné à se soustraire au picage par le picage, il attaque mon poignet, y becquetant la chair à aire ouverte.

Il se défend.

Je n'ai rien contre.

L'offensive est virulente mais inefficace.

Je lui caresse la calotte d'un geste tendre, puis le dépose avec douceur sur le débarcadère. Nerveux, dépaysé, il clopine sur le béton, gravitant autour de moi comme une nacelle autour d'une tornade.

Exonération. Il a compris.

Ses pattes arpentent la zone.

Son corps se trémousse.

Il patauge dans les reflets du vide, se heurte contre la lourde porte métallique.

Sous mon regard joyeux, la boule de plumes un peu pataude disparaît en direction du centre de l'abattoir.

Vous aurez succombé à l'envie de me rendre heureux, ne serait-ce qu'une nuit.

L'intimité, la tendresse, l'abandon, l'amour, le rire, l'émerveillement, ces notions nouvelles dont vous m'aurez

fait collation des premiers fruits, je les aurai comprises et
appliquées à l'ensemble de mon alchimie.

L'espace d'un trop court moment, vous aurez réussi à
me convaincre qu'hier c'était déjà trop tard et que demain
n'existait pas.

Mais vous aurez échoué, Gloire, mon amour, dans votre
tentative de me proposer un détachement tel que même votre
souvenir s'évanouirait dans la recherche et la découverte
perpétuelle d'une « autre liberté ».

C'est maintenant à deux mains que je pige dans la cage
entrouverte. Un couple de poulets suit le chemin du pion-
nier. Jubilant, extasié, hilare, j'agrippe la cage et la retourne
au ras du sol. Le petit poulet au cou cassé s'affaisse de tout
son poids sur le béton, mais les autres suivent la trace.

Ils se dirigent vers la grande salle illuminée.

Je rechercherai la libération à tout prix, ma chérie, mais
le carcan de votre présence étreindra mes côtes jusqu'à la
fin.

Avec frénésie, j'empoigne une autre cage, puis encore
une.

Les aventuriers n'hésitent plus.

Le chemin est tout tracé.

Les poulets ne résistent plus à mes avances.

À la volée, ils foncent droit devant, ne laissant que le
mort et les éclopés derrière. Le mécanisme d'ouverture
d'une des cages est coincé. D'un solide coup de crosse, je le

dégage. Dix autres petits oiseaux aux ailes amputées détalent en se trémoussant.

Les montagnes, les pyramides de cageots s'amenuisent. Sous l'effet de mon effervescence, les prisons s'envolent, rebondissent sur les murs et retombent avec fracas.

Rédemption immédiate.

Les oiseaux frémissent.

Ils ont quitté la chaleur mensongère d'être ensemble, agglutinés les uns sur les autres.

Ils détalent, se suivent, changent d'olympe.

Le temps passe.

Je jubile.

En continuant à extirper les poulets de leurs cages, j'entends des voix. Ce sont celles des accrocheurs. Les otages m'adjurent de les rejoindre.

Gémissements, cris disparates.

Peu m'importe.

D'autres oiseaux sollicitent leur changement d'air.

Balayer, charmer, abattre, bambocher, commander, déménager, numériser, voter, piocher, qualifier, chanter, consacrer, démolir, émouvoir, farcir, remercier, cuisiner, voyager ?

Non. Ouvrir. Ouvrir les cages.

Certes, des milliers d'oiseaux se ravigotent au contact de l'air libre, du grand large, mais il en reste encore des mannes à déboucler.

Je procède, persévère.

À la cadence d'une centaine à la minute, ils me quittent.

Le profit de la journée s'évade en direction des frais fixes.

Dans l'autre salle, les accrocheurs s'époumonent.

Point de vue spectacle, je me contente de peu : un univers aux azimuts parsemés de cages vides — victimes d'un éparpillement libérateur — et de cages pleines, savamment empilées par le savoir transmis.

J'entends des voix, mais la fanfare l'emporte ; la féerie du désordre en redemande.

Résonances d'un passé affranchi.

Carillons, clochettes, gongs, cymbales. Répercussions d'un exercice émérite.

Aboiements en sus, un embrouillement ludique pulvérise un fiel mitigé sur les tresses de ma pensée.

J'ouvre les cageots avec la constance d'un gardien de prison aliéné à l'heure des visites, mais l'impression du travail accompli manque à l'appel.

La chaleur de mes gestes devient insupportable. Les volets basculent, les oiseaux s'éclipsent, mais je demeure transis par un sacrifice nécessaire, celui d'une perte de sens en pleine défiance.

Cette chaleur suffocante dont vous m'avez parlé, Gloire, la chaleur de l'abattoir, celle-là même qui m'assiège actuellement, je la combats à l'aide de ma seule armure : la danse de votre souvenir climatisé, siégeant en haut lieu sur le chatoiement écarlate de mes veines.

Le mercure grimpe, assommant comme un maillet de métallo.

Mes vêtements suintent.

Éponge oppressée, j'envisage avec blandice le moment où je deviendrai thermomètre, thermomètre immergé dans un bac de glace vive.

En attendant, je parachève mon œuvre.

La dernière cage est profanée.

Les fortifications sont déconfites. Bilan de l'opération, qui aura duré plusieurs heures : sept morts et une centaine d'éclopés.

Pâle, divagant, épuisé, je quitte les cageots débridés. Sur le débarcadère, les retardataires tentent de rejoindre la foule.

Un des oiseaux est blessé à la patte.

Il n'avance plus.

Je me penche et le prends dans mes mains. Il n'attaque pas, ne conteste pas. Il me suit. En laissant traîner mes bottes sur le plancher de peur d'écraser un autre invalide, j'entre dans l'abattoir.

Un monde grouillant.

Des dizaines, des milliers, des dizaines de milliers… un tapis de volailles.

Il y en a partout. Des légions. Des armées. Ils sont là. Ils se meuvent.

Voici l'ouragan.

Dans les bureaux, les recoins : le jaune, le blanc.

Voici le cyclone, le déferlement.

Une colonne s'approche déjà des espaces réfrigérés. Une autre tourne autour du téléviseur. Dans le daleau, des centaines de poulets sont passés à l'assaut. Ils becquettent les pieds de leurs proies. Les pauvres otages se démènent tant bien que mal.

Ballet! Gavotte! Cancan! Rigodon!

Les accrocheurs livrent un combat singulier.

Suspendus par les poignets, ils se débattent, se rebellent.

Ils trépignent. Sous la force de certains impacts entre la chair humaine ensanglantée et les plumes, des oiseaux rebondissent et retombent, en douceur, sur le dos douillet et bien charnu de leurs congénères.

Les accrocheurs me parlent. Les insultes fusent.

« T'es un maudit sadique!

— Libère-nous!

— Éloigne-les !

— Fais quelque chose ! »

Plus ils se défendent, plus les poulets se font nombreux.

Certains otages, plus athlétiques que d'autres, passent de longs moments hors de la portée des becs ; ils se hissent sur les crochets et leurs pieds s'exercent à franchir de grandes distances sur le pédalier du vide.

Mais les poulets auront le dernier mot. À moins que je n'intervienne, un massacre se prépare. Et je n'ai rien d'un bourreau.

Aux dépens de l'amour, aux dépens d'une sexualité inexistante, aux dépens des colifichets du plaisir éphémère, j'aurai connu avec vous la jouissance éternelle d'un instant de quiétude.

Nous aurons partagé un même lit — ce rafiot loufoque et bigarré — et aurons goûté tous deux aux délices de la surprise. Pour vous, la surprise d'une nuit de travail insolite et, pour moi, la délivrance de ne plus avoir à porter seul le fardeau d'un mythe : la laideur du monde.

Elle ne viendra pas.

Les poulets ont tout balayé dans leur déroute. Les accrocheurs ne crient plus ; comme des loups traqués, blessés, ils hurlent.

Leurs pieds sont picorés.

Les bourreaux voudraient être en mesure de disparaître, de s'envoler.

La fin est proche. Je serpente entre les bosquets d'oiseaux. Vitesse folle, course illogique. Partout à la fois, je ne trouve plus rien à condamner.

Je suis seul.

Mes objets seront désormais introuvables, balayés dans les coursives de la honte par un torrent jaunâtre.

Ferme est la nuit.

J'ouvre la grande porte du débarcadère. Un vent frais cingle mon visage ravagé. Les policiers observent mon manège. La tension monte, mais ils ne bougent pas.

Voilé par la pénombre et hors d'atteinte des tireurs d'élite, je proclame, d'une voix forte, des syllabes bigarrées : « C'EST TERMINÉ. JE LIBÈRE LES OTAGES » avant de retourner à l'intérieur de l'abattoir.

Partout à la fois, renâcler, courir, flamboyer.

Je saisis la lance d'un tuyau d'arrosage et tourne la poignée du robinet.

L'eau fuse. Un jet puissant.

À même la vie, je me fraye un chemin sur le tapis de volailles.

J'arrose les jambes des otages.

Les oiseaux s'éloignent.

Devenu berger, j'aiguille mes petites bêtes, les refoulant loin de la chaîne.

Enivré, transporté, entièrement dévoué à l'accomplissement du *dernier acte,* je canalise les meutes. En pulvérisant le jet d'eau fraîche sur la multitude de cohortes désarticulées, sur les milliers de petits poulets, je les exhorte à se diriger vers la sortie.

En aspergeant la scène de façon méthodique, je poursuis mon avance. Rien devant, rien derrière. Les oiseaux sortent maintenant de l'abattoir par milliers, sautant du débarcadère à la terre ferme par centaines. Sous l'éclairage combiné des néons de l'abattoir et des gyrophares des voitures officielles, la volaille, telle une armée suicidaire, s'avance vers le cordon de police.

Les badauds, pourtant massés à bonne distance, reculent et se dispersent ; *ils ont peur des étrangers.*

Respectant la consigne qui aura guidé leur existence jusqu'à la fin, les premiers oiseaux s'attaquent aux chevilles des policiers.

Manger. Dévorer. Gonfler.

Les représentants de la loi s'acharnent sur les oiseaux, qui persévèrent, qui déchiquettent leurs chaussettes.

Tout manger.

Lance d'arrosage à la main, je saute à mon tour sur l'asphalte du terrain de stationnement.
La mer de poulets est droit devant.
Triomphe, l'horizon est criblé d'hommes en déroute.

Détonation.

Je suis touché à l'abdomen et m'effondre sur le macadam.

La douleur est suffocante.

Gloire, ma chérie, barbotons ensemble dans les nuages humides et somptueux des rivages éloignés.
Caressons ce sable mouvant de promesses atrophiées.
Démoustiquons les régions les plus éparses.
Bafouillons les limites corrompues des éleveurs respectés.

Je respire, me concentrant sur l'acte de survivre. Une horde de policiers se dirige vers moi. La volaille se disperse.

Mordons dans la vie, Gloire, ma chérie. Dans le macrocosme qui nous réclame.

Comme un plongeur éventré qui revendiquerait le droit d'embrasser le requin qui le terrasse, je déraisonne.

Mordons, trinquons à l'avenir, mon amour, car je ne

pourrai plus tenir très longtemps. Avalons la seconde... car c'est bientôt que je vous quitte.

Brutalité.

On fouille un mourant.

Deux ambulanciers me saisissent par les bras et les jambes et hissent mon corps foudroyé sur une civière. D'autres s'affairent sur ce qui deviendra mon cadavre.

Masque à oxygène, dernière parcelle de vous.

La civilisation est un miracle.

Un miracle, un miracle, un miracle, un miracle.

Est-ce le désespoir ou la lâcheté qui m'incita à tenter de vous revoir, je ne saurais le dire. Cette prise d'otages, commise à l'endroit précis où vous aviez vous-même décidé de lâcher prise, cet assaut final n'aura servi à rien.

Rien.

J'allais — et ce contre les principes qui avaient jusque-là gouverné ma vie — m'afficher dans un geste ayant comme seul dessein celui de vous retrouver, Gloire, ma sagesse.

Le mépris pour vos anciens compagnons de travail n'intervint pas dans ma décision. Venger votre séjour en ces lieux n'était pas au programme. Moi qui ne me plaignais jamais, qui me refusais toute forme de pitance, moi qui comprenais que ma vie, quoique décevante, n'avait rien d'un scandale en comparaison des souffrances et de la déchéance d'un monde malade, moi, le clandestin, l'intuitif, j'allais prendre d'assaut cet abattoir sans la moindre arrière-pensée.

Je désirais vous revoir, vous remercier de votre séjour dans mon île.

Rien avant, rien après... sinon la trace confuse d'une femme que je crois avoir aimée.

Dans l'ambulance qui se dirige vers la grande ville, je sombre.

La trajectoire est limpide : un fleuve, une disparition.

Je plongerai dans la promesse d'un unique baiser et n'aurai plus rien à dire.

Subjugué par le chant de la sirène, je m'évanouis.

MISE EN PAGES ET TYPOGRAPHIE :
LES ÉDITIONS DU BORÉAL

CE DEUXIÈME TIRAGE A ÉTÉ IMPRIMÉ EN MARS 1996
SUR LES PRESSES
DE AGMV À CAP-SAINT-IGNACE (QUÉBEC).